마법사 모야와 보낸 이틀

Der kleine Drache Hab-mich-lieb

마법사 모야와 보낸 이틀

안드레아 슈바르츠 지음 | 안영란 옮김

참솔

안드레아 슈바르츠 1955년 독일 출신으로 작가이면서
경영 컨설턴트로도 활동하는 다재다능한 인물이다. 『고양이도 마찬가지』
『나는 민들레를 좋아해』 『다정함은 오색실처럼』 등 구체적이면서도
가슴에 와닿는 감동적인 소재와 아름다운 문체로 10여 편의 작품 모두
30쇄 이상을 기록한 베스트셀러 작가이다.

안영란 이화여자대학교 독어독문학과와 한국외국어대학교
동시통역대학원을 졸업했다. 독일 마인츠 대학교에서
한국어학과 강사를 지냈고, 지금은 번역 전문가로 활동중이다.
옮긴 책으로 『그림형제 동화 1812년 원전 번역』 『나의 사랑 슈테가르딘』
『한번도 이야기되지 않은 동화』 『가장 행복했던 날의 이야기』
『수학악마』 등 여럿이 있다.

마법사 모야와 보낸 이틀

펴낸날 | 2001년 4월 30일 1판 1쇄
지은이 | 안드레아 슈바르츠
옮긴이 | 안영란
그린이 | 김언경
펴낸이 | 김혜숙

펴낸곳 | 도서출판 참솔
등록번호 | 제8-244호 등록일 | 1998년 5월 13일
주소 | 121-718 서울시 마포구 공덕동 404 풍림빌딩 521호
대표전화 | 3273-6323 팩시밀리 | 3273-6329
e-mail | salamand @ unitel. co. kr

ISBN 89-88430-16-6 03850

값 7,000 원

잘못된 책은 바꾸어 드립니다.

그 멜로디를 듣게 되면 춤을 춰……. 슬프거나 행복할 때에도 춤을 춰.

멜로디에 온전히 너를 맡겨. 함께 춤춰줄 사람이 나타날 때까지 기다리지도 마.

그때는 이미 음악이 끝나버렸을 테니까. 아무도 너와 함께 춤춰주지 않아.

완전히 혼자일 때에도 춤을 추렴. 다른 이들이 뭐라고 말하고,

어떻게 생각할까 걱정하지 마. 그들은 너를 이해하지 못하고,

심지어 비웃을 수도 있어. 왜냐하면 그들은 멜로디를 들을 수 없으니까.

네 스스로 멜로디가 되렴.

임금님은 나를 불러 길가에서 피리를 불게 하셨습니다.
길을 가던 사람들이 한순간 걸음을 멈추고 숨을 돌리라시며…….

타고르

너희에게 피리를 불어주었으나 너희는 춤추지 않았고
비가(悲歌)를 불러주었으나 너희는 울지 않았느니!

누가복음 7장 32절

* 이 책에서 괄호 안의 작은 글씨는 옮긴이 주입니다.

이 동화는 좋은 동화들이 대개 그렇듯 '아주 오랜 옛날……'로 시작합니다.

그렇다고 해서 이 동화가 썩 훌륭한 동화라는 뜻은 결코 아닙니다. 이 이야기는 아주 작은 용 한 마리에 관한 것으로 그다지 현실적이지도 않습니다. 원래 현실이란 때로 퍽이나 부조리한 것이니까요…….

아주 오랜 옛날 꼬마 용 한 마리가 살고 있었습니다. 용은 깊은 산골짜기 어두컴컴한 동굴에서 외따로이 살았습니다.

꼬마 용은 진짜 용다운 용이 되어보려고 무진 애를 썼습니다. 규칙적으로 동굴 주변을 어슬렁거리며 별 다른 일이 없는지 살피기를 게을리하지 않았습니다. 연신 푸르르거리면서 말이지요. 그러다 보면 꼬마 용의 콧바람에 늙은 떡갈나무는 소스라치기 일쑤였고, 나뭇잎을 두어 잎쯤 잃어버렸습니다. 또 때마침 단풍나무 아래에서 몸을 웅크린 채 떨고 있던 들쥐와, 가끔씩 초원에서 뛰놀던 작은 토끼들은 부랴부랴 도망쳐야 했지요.

하지만 이 정도쯤은 얼마든지 있을 수 있는 일입니다. 어쨌거나 용은 용다워야 했으니까요. 그러니까 용이란, 세상 사람들이 모두 그렇게 믿고 싶어하듯, 사람이나 다른 짐승들에게 신비와 두려움의 대상이 돼야 했습니다. 꼬마 용 역시 그렇게 배웠고, 자신의 의무를 성실하게 수행하려고 정말로 최선을 다했겠지요……

그런데 꼬마 용이 아직은 너무 어린 탓일까요……

'대체 왜 이래야만 하는 것일까?'

혼잣말을 하는 일이 날로 잦아졌으니 말입니다.

그나마 '쉬이익' 소리를 내지 않거나 의무적으로나마 동굴 주위를 어슬렁거리는 일조차 하지 않는 날에는 더더욱 지루했습니다.

그러던 어느날, 꼬마 용은 곰곰이 생각에 잠겼습니다.―인정하건대 용에게는 도무지 어울리지 않는 태도이지만 말이지요. 꼬마 용은 동굴 입구에 드러누워 주둥이를 동굴 밖으로 내놓은 채 짧은 앞발로 턱을 괴고 있었습니다. 꿀벌들은 즐겁게 초원 위를 윙윙거리며 날아다녔고, 늙은 떡갈나무 잎새들은 부드러운 바람에 살랑거렸고요.―그때 저 높이 하늘을 나는 제비떼를 우러러보는 꼬마 용의 두 눈은 동경으로 가느다래졌습니다.

꼬마 용은 분명 본분을 다했습니다. 하지만 이것이 정말 '산다는 것', 그것일까요?

몇 시간씩 그러고 있다보면 꼬마 용의 머릿속에는 정말로 많은 생각들이 피어올랐다 사그라들곤 했습니다. 세상을 산다는 것이 대체 어떤 의미가 있는지……. 그러다가 무의식중에 한두 가닥씩 비비 꼬아대기 시작한 목덜미 털이, 나중에는 새끼줄만해진 적이 한두 번이 아닙니다. 가끔은 무엇엔가 골몰하는 것조차 귀찮아질 때도 있습니다. 그럴 때에는 두 귀만 쫑긋 세운 채 멍하니 눈동자만 이리 저리 굴리는 수밖에요.

꼬마 용이 그렇게 한동안 잠잠해질라치면, 숨어 있던 아빠 고슴도치가 엉거주춤 밖으로 기어나옵니다. 잠시 뒤 에는 엄마 고슴도치와 새끼 고슴도치 다섯 마리도 그 뒤 를 따라나오지요. 새끼 고슴도치들이 초원에서 뒹굴며 서 로 장난을 칩니다. 엄마 고슴도치는 새끼 고슴도치들을 사랑스레 어르며 애틋하게 바라보고요. 그 모습은 얼마나 보기 좋던지요.

한번은 꼬마 용도 고슴도치들과 함께 어울려볼 요량으 로 조심스레 곁으로 다가갔습니다. 그런데 어째 고슴도치 들이 오해를 한 모양입니다.

"얘들아!"

꼬마 용이 제 딴에는 씨익 웃으며 불렀는데─그러면서 꼬마 용이 한 짓이라고는 수줍은 나머지 기껏 주둥이를 삐죽 내밀었을 뿐인데─갑자기 그들은 더 이상 고슴도치 가 아닌, 공 모양의 바늘집으로 변해 있지 뭡니까. 그래 서 이번에는 주둥이와 앞발을 쭈욱 내밀어 숨어든 고슴도 치를 장난스레 굴려 보았습니다. 그러자 앞발이 얼얼하게 아파오고 주둥이는 피투성이가 되고 말았습니다.

꼬마 용은 눈물을 글썽이며 다시 동굴로 기어 들어가 앞발을 주둥이에 집어넣고 핥았습니다. 한참 뒤 아픈 기운이 가시자 꼬마 용은 몸을 동그랗게 말아 꼬리 위에 머리를 파묻은 채 훌쩍였습니다.

그 뒤로 꼬마 용은 다정한 고슴도치 가족을 바라보는 것으로 만족해야 했습니다. 단출한 행복을 지켜보는 것마저도 엄습하는 외로움 탓에 버거워진다 싶을 땐, 그냥 두 눈을 질끈 감아버렸습니다. 그래도 가끔 오른쪽 눈을 슬그머니 뜨고는 행복한 고슴도치 가족을 부러운 눈으로 바라보았지요. 그러다가 길고 깊은 한숨을 몰아쉬고는 다시 눈을 감아버렸습니다…….

그렇습니다. 꼬마 용은 때때로 더없이 불행했고, 자신에게 주어진 삶이 불만스러웠습니다. 가슴을 저미는 듯 아려왔습니다. 꼬마 용이 다른 용과 구별되는 것 역시 바로 이 점 때문입니다.

이것은 또한 제가 꼬마 용의 이야기를 하려는 이유이기도 합니다. 사실 주어진 삶을 불만스러워하며 고독하게 포효하는 용들은 얼마든지 있고, 굳이 그들에 대해 특별히 거론할 만한 가치는 없으니까요.

우리의 꼬마 용은 그래도 그들과 무언가 달라야 하지 않을까요?

어느덧 가을입니다.

세상은 아주 사소한 미물에서부터 광활한 대지에 이르기까지, 곧 길고도 황량한 겨울이 오리라는 걸 예고하고 있었습니다. 9월인데 벌써 새벽 서리가 잔디를 덮었고 제비는 여느 해보다 일찌감치 강남으로 떠났습니다. 또 나뭇잎들은 용케도 제 때를 알고 물들기 시작했습니다.

꼬마 용은 씩씩거리며 짚이며 건초를 동굴 안으로 날라다가 가지런히 깔아 잠자리를 마련했습니다. 겨울을 나기

위한 월동 준비를 하는 것입니다.

날씨는 절기에 비해 유난히 추웠습니다. 꼬마 용은 달달 떨면서 마지막으로 주변을 살피기 위해 밖으로 나왔습니다. 그러면서 연신 '푸르르르……' 투덜댔습니다. 꼬마 용은 겨울을 별로 좋아하지 않았습니다.

"푸르르르르르!!!"

꼬마 용은 유난스레 큰소리로 투덜대고는 누가 쫓아 들어올세라 동굴 문을 쾅 닫아버렸습니다. 그러고는 푹신하게 깔아놓은 짚더미 속으로 파고 들어가 몸을 동그랗게 말았습니다. 가물가물 몰려오는 잠 속으로 빨려 들어갈 즈음에는 벌써 주둥이로 오른쪽 앞발을 빨고 있었습니다.

무시무시한 겨울이 저만치 음흉한 모습을 드러냈습니다. 눈 더미 아래 늙은 떡갈나무는 커다란 가지 하나를 뚝 분질렀고, 숲속의 노루와 여우는 추위에 호들갑을 떨었습니다. 그래도 우리의 꼬마 용은 겨울이 다 갈 때까지 세상 모르고 잠을 잘 것입니다, 포근하고 편안한 잠을. 아주 가끔 머릿속을 어렴풋이 뚫고 지나가는 제 코 고는 소리에 귀를 씰룩거리는 게 고작이겠지요.

어쩌면 이번 겨울은 유난히 추웠는지도 모릅니다. 아니면 꼬마 용의 가슴에 지난 여름에 대한 추억과 그리움이 너무 많이 쌓인 탓일지도 모르지요. 어쨌든 꼬마 용은 아직 한번도 꾸어보지 못한 아주 특별한 꿈을 꾸었습니다. 바로 이런 꿈 말입니다…….

청명하고 아름다운 어느 봄날이었습니다. 꼬마 용은 민들레 한 송이를 꺾어 입에 물고는 눈부신 햇살이 쏟아지는 드넓은 초원에 한가로이 드러누워 있었습니다. 마냥 행복하고 뿌듯했지요. 온갖 짐승들이 그녀의 주위에서 뛰놀았고 세상은 온통 환하고 맑았습니다.

게다가, 오오! 이보다 더 황홀할 수 있을까요! 꼬마 용도 그들 속에 함께 있지 뭡니까. 누군가 꼬마 용의 꼬리를 잡아당기면 꼬마 용은 그게 꼬맹이 들염소인지 짓궂은 비버인지 알아맞추어야 했습니다. 날랜 다람쥐가 '숑숑' 소리를 내며 도토리를 집어던지는 장난을 걸어오면 꼬마 용은 깜짝 놀란 듯 "엄마야!" 하면서 몸을 움츠리는 시늉을 했습니다.

꼬마 용의 어깨 위엔 늙은 부엉이 한 마리가 웅크리고 앉아 꾸벅꾸벅 졸다가 꼬마 용이 웃음을 참지 못하고 깔깔거리느라 몸을 들썩이면 중심을 조금 잃고는 기우뚱했습니다. 그때마다 부엉이는 귀찮다는 듯 겨우 한쪽 눈만 부스스 뜬 채 어린 장난꾸러기들을 너그러운 눈길로 둘러보고는 다시 잠 속으로 빠져들었지요.

새끼 곰 세 마리는 개암나무 열매 기름이 잘름거리는 양동이 하나를 끙끙거리며 끌고와서는 꼬마 용의 꼬리에 살살 발라 매끈하고 윤이 반짝반짝 나게 해주었습니다. 그러고는 꼬마 용의 꼬리 위에서 미끄럼을 타면서 신이 나 환호성을 질러대는 거였습니다.

그래요, 그때 우리의 꼬마 용은 참으로 가슴 벅찼습니다. 그리고 행복했습니다. 더 이상 따분하거나 외롭지도 않았습니다. 가끔 슬퍼 보이던 깊고 푸른 눈엔 황금빛 광채가 반짝거렸습니다.

하지만 이 꿈이 황홀한 최고의 이유를 꼽으라면 그건 단연코 뾰족한 삼각 귀에 분홍색 주둥이, 그리고 네 개는 왼쪽에 다섯 개는 오른쪽에, 정확히 아홉 개의 수염이 난 흑백 점박이 작은 고양이 때문입니다. 고양이는 꼬마 용의 앞발 사이 가슴께에서 편안하게 몸을 말고 누워 들릴 듯 말 듯 아주 작게 가르릉거리고 있었습니다. 꼬마 용은 가슴에 따뜻한 체온이 퍼지는 걸 느꼈습니다.

정말이지, 황홀한 꿈이었습니다…….

꼬마 용은 자꾸만 감기는 눈을 억지로 움찔거리며 비볐습니다. 컴컴했습니다. 좀더 눈을 크게 떠봤지만 주위는 여전히 칠흑 같은 어둠뿐이었습니다. 혹시나 싶어 제 가슴에 코를 박고 킁킁거려 보았습니다. 역시 고양이의 체취를 맡을 수도, 보드라운 털의 감촉도 느낄 수 없었습니다.

밖에는 봄이 성큼 와 있었고, 꼬마 용은 지독히 아름다운 꿈에서 깨어났습니다. 그리고 태어나서 처음으로 봄부터 벌써 슬퍼져서 무척 외로운 여름을 맞게 되리라는 예감이 들었습니다.

들염소와 비버와 부엉이와 짓궂은 작은 곰과 고양이가 없다면……. 이런 꿈들을 가슴속에 응어리로 남겨둔 채라면 꼬마 용의 삶은 결코 예전과 같아질 수 없을 것입니다. 눈가에 그렁그렁 매달려 있던 눈물이 꼬마 용의 주둥이를 타고 흘러내려 발등에 뚝 떨어졌습니다.

“휴우······.”

꼬마 용은 동굴 문을 활짝 열어젖혔습니다. 벌써 대지에는 따사로운 햇살이 일렁이고 있었습니다. 눈부신 태양을 쏘아보던 꼬마 용은 격앙된 소리로 포효했습니다.

“푸르르르르르르······!!!”

수선화와 버들강아지, 주위를 윙윙거리던 꿀벌들이 깜짝 놀라 부랴부랴 집으로 내뺐습니다.

꼬마 용은 기분이 끔찍히 나빠졌다가, 이윽고는 슬퍼지기까지 했습니다. 이 세상과, 자신과, 또 자신에게 주어진 삶 모두가 불만스러웠습니다.

자연히 자신이 사는 동굴과 의무로 여기던 일과들을 챙기지 않은 지도 오래되었습니다. 허구한 날 그냥 벌렁 드러누워 아름다웠던 꿈을 곱씹으면서 그리움만 키워갔습니다.

꼬마 용은 점점 여위고 두 귀는 힘없이 축 늘어졌습니다. 예전에는 콧구멍에서 뭉게뭉게 뿜어져 나오던 입김이 어느새 축축한 한숨으로 변했습니다. 보기에도 딱한 모습이었지요.

하루하루가 그렇게

무료하게 지나갔고, 어느덧 무더운 여름이 찾아왔습니다. 꼬마 용은 더 이상은 안 되겠다고 생각했습니다.

무슨 일이든 일어나주기만을 초조한 마음으로 기다렸건만, 아무 일도 일어나지 않았습니다. 그러면서 스스로 뭔가를 감행하지 않으면 자신의 삶에서 달라질 것은 아무

것도 없다는 생각이 차츰 분명해졌습니다. 결국 동굴 속에서 슬프고 초라하게 늙어가겠지요. 그럴 수는 없습니다, 정녕코.

그럼 어떻게 하죠?

'흠…… 어려운 물음이야.'

꼬마 용은 생각하면서 오른쪽 앞발로 턱을 괴고, 왼발로는 목덜미를 긁적거렸습니다. 곰곰이 생각해 봐야겠습니다.

꿈에서 본 초원이 정말로 어딘가에 있지는 않을까? 혹시라도 그곳에 가면 꿈속에서 보았던 동물들과 가르릉가르릉, 예쁜 소리를 내는 고양이가 있지 않을까?

그렇지만 어떻게 그 초원을 찾아가지? 그것이 문제였습니다.

어쨌든─지금 이 동굴이 아닌 것만은 확실하니까─일단 떠나자. 그 초원을 찾아보자! 그래, 떠나는 거야!

"푸르르르! 푸르르르! 푸르르르!"

꼬마 용이 어찌나 흥분했던지 정말로 늙은 떡갈나무가 소스라칠 만큼 연거푸 콧바람을 뿜어냈습니다. 마침내 자기가 뿜어낸 콧김이 연무가 되어 주위가 온통 뿌옇게 흐려졌습니다. 꼬마 용은 앞발을 휘휘 저어 입김을 걷어내고 사방을 두리번거렸습니다.

사실, 이곳 역시 아름다운 곳입니다. 태어나서 지금까지 살고 있는 고향이고요. 하지만 꿈에서 본 그 초원은 아닙니다.

꿈속에서 장난치고, 함께 춤추던 온갖 동물들이 또다시 눈앞에 어른거렸습니다. 작은 고양이는 꼭 생시인 양 꼬마 용의 눈을 똑바로 들여다보며 말했습니다.

"어서 와……!"

그래, 꼬마 용은 생각했습니다.

'그 초원을 찾아 떠나겠어.'

희망과 확신이 온몸 구석구석까지 파고들었습니다. 꼬마 용은 보따리를 꾸렸습니다. 그러고는 어쩌면 마지막일지도 모르는 동굴 속 자신의 이부자리에 가만히 누웠습니다. 하지만 들뜬 탓에 눈은 감을 수 없었습니다.

무엇이 나를 기다리고 있을까?

조금 두려운 것도 사실입니다. 자신이 무엇을 포기하게 되는지 꼬마 용은 잘 알고 있습니다. 아늑한 동굴과, 푹신한 이부자리, 파묻혀 있으면 세상 아무 걱정도 없는 정겨운 마을…….

그러나 지금 그녀 앞에 놓인 것은 미지와 불안입니다. 그것은 어쩌면 무모한 모험과 위험의 다른 이름이기도 하겠지요. 꼬마 용이 진정으로 행복해질 수 있는 무언가를 찾을 수도 있을 것입니다. 꼬마 용은 주저했습니다. 하지만 여기에 오래 머물지 않으리라는 걸 잘 압니다. 위험을 무릅쓸 것입니다. 그 꿈은 결코 잊히지 않을 터이고, 지금 최소한의 시도조차 하지 않는다면 그녀는 평생 동안 스스로를 질책하게 될지도 모릅니다. 누가 압니까, 정말로 그 꿈이 현실로 될지…….

동이 트자마자 꼬마 용은 보따리를 챙겨 어깨에 둘러메고 동굴을 나섰습니다. 그러다 문득, 몇 발짝 못 가 우뚝 멈춰섰습니다.

이렇게 훌쩍 떠나도 되는 건가? 누군가 혹시 내가 보고 싶어 어렵사리 이 동굴까지 찾아오기라도 한다면?

외면할 수 없는 책임감이 느껴졌습니다. 원래 몸집이 가장 큰 어른 용에게만큼은 떠난다는 사실을 알려야 하는 게 용들의 관례였습니다. 꼬마 용은 꿀꺽 마른침을 삼켰습니다. 떠난다는 것이 좀처럼 쉬운 일이 아닐 거라는 불길한 예감을 어째 떨쳐버릴 수 없었습니다.

하지만 또 분명한 사실은, 지금과 같은 삶 역시 진정한 삶이 될 수 없다는 것입니다. 단지 훅훅 입김을 뿜고, 푸르르거리는 추한 모습 속에서 존재감을 찾아야 하다니요.

그렇지만 한편으로 모두가 자기 나름대로 행복을 찾겠다고 홀연히 떠나기를 일삼는다면 이곳에서 변화란 기대

할 수 없을 것입니다. 그럼 남은 용들은 계속 그저 그렇게 살아가겠지요. 그들 역시 행복할 권리가 있음에도 불구하고 말입니다.

(한 마리의 용에게 이 모든 것은 참으로 혁명적인 사고일 것입니다. 하지만 꿈꾸고 고민하는 데서 기인한 것일 테지요. 주어진 것에 만족하지 않고 가슴 한켠에 그리움의 나무를 심고 꿈이라는 물을 주면서 그걸 키우다보면 말입니다…….)

꼬마 용의 가슴에서 이 모든 걸 어른 용에게 말해야만 한다는 강렬한 충동이 솟구쳤습니다. 아니, 숭고한 사명감마저 불타올랐습니다. 그렇지 않으면 또 누가 할 수 있단 말입니까.

정말로 미미한 존재인 꼬마 용이 그 어른 용을 납득시킬 수 있을지는 자신 없습니다. 하지만 최소한 시도는 해봐야 하지 않을까요. 꼬마 용은 결의에 차 어른 용의 동굴을 향해 걸음을 재촉했습니다.

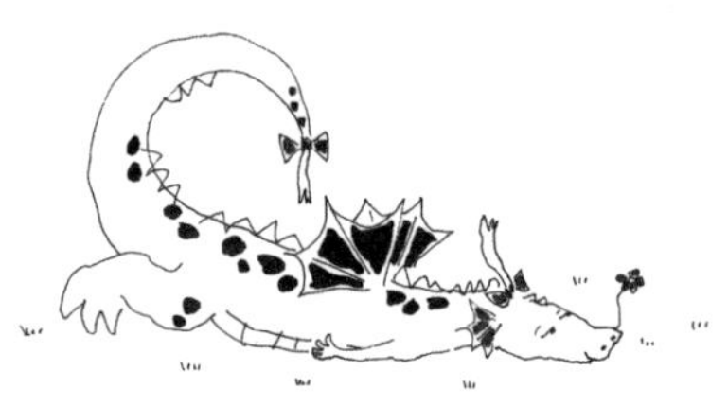

어른 용은 몹시 바빠서 면담 시간을 얻는 일조차 쉽지 않았습니다. 하지만 꼬마 용이 면담 목적을 밝히자 동굴 문은 활짝 열렸습니다.

몸 여기저기에 우둘투둘한 흉터가 있는 어른 용 앞에 섰을 때 꼬마 용은 가슴이 두근거렸습니다.

용들은 하나같이 그 '어른'을 두려워했고 가능한 한 맞닥뜨리지 않으려 했습니다. 어디서 흘러나온 이야기인지는 알 수 없지만, 누런 이빨 사이에서 뿜어져 나오는 지독한 입냄새는 거의 질식할 정도이고, 화났을 때 포효하는 소리는 고막이 찢어질 정도라고 했습니다.

어른 용이 꼬마 용을 찬찬히 뜯어봤습니다. 꼬마 용의 가슴이 두 방망이질쳤습니다. 겉으로 드러나지 않는 게 얼마나 다행인지요.

"그러니까…… 네가 고향을 떠나겠다고? 그러기에는 아직 너무 어리고 연약하다고 생각하지 않느냐?"

굵직하다 못해 웅웅거리는 목소리로 그가 물었습니다.

"아뇨, 아니에요. 저는 벌써 각오가 돼 있어요."

꼬마 용은 대담하게 이의를 제기했습니다.

"그으래? 대체 무슨 각오가 돼 있다는 게냐?"

어른 용이 흥미롭다는 듯 되물었습니다.

"찾으러요……."

꼬마 용은 말끝을 흐렸습니다. 꿈이니 고양이니 하는 얘기는 꺼내지 않는 편이 나을 성싶었습니다. 그러면 아마도 어른 용은 당장에 꼬마 용을 미쳤다고 단정지을 테니까요.

"어허, 이것 참……."

어른 용이 대뜸 호령했습니다.

"무얼 찾는다고?! 넌 네 동굴이 어디 있는지, 네가 할 일이 무엇인지 잘 알고 있지 않느냐? 너는 다름아닌 용이란 말이다……."

"어르신!"

꼬마 용이 대답했습니다. 앞발이 자꾸만 달달 떨리는 것은 어쩔 수 없었습니다.

“전……, 행복해지고 싶어요. 다른 동물들과 함께 노래하고 장난치고 춤추고 일하고 즐거워하고, 슬픔을 나누고 싶어요. 혼자 동굴 속에 들어앉아 제 임무를 다하는 것, 그러니까 다른 동물들에게 겁을 주는 일은……, 싫어요. 제가 하고 싶은 일이 아니에요.”

“허 참…… 모두들 들었느냐? 저 어린것의 말 좀 들어 보아라.”

어른 용의 쩌렁쩌렁한 목소리는 정말이지 고막을 찢을 듯했습니다.

“저 애가 지혜는 마치 수저로 떠먹는 것인 양 이 늙은 이한테 행복을 가르치려 드는구나. 잘 듣거라. 우리가 기억하는 한 용이 존재한 이래 모든 용들은 예외없이 혼자 동굴을 지키며 제 의무를 성실히 수행하는 것에 만족하고 행복했다. 장난치고 춤추고 노래하겠다고? 말이나 되는 소리냐? 용은 노래하고 춤추고 장난치는 따위의 짓거리는 하지 않아! 용이라면 당연히 뜨거운 입김을 뿜고 포효하고 다른 동물들에게 경외심과 두려움의 대상이어야만 해. 그것이 바로 네 삶의 의미다. 아직 많이 배워야 할 것 같구나! 이제 그런 망상을 버리고, 감상에서 벗어나거라. 당장 동굴로 돌아가서 마음을 가다듬고 여태까지 하던 일을 계속 하여라!”

　어른 용은 면담이 끝났다는 신호로 한쪽 앞발을 들어 밀어내는 시늉을 했습니다. 꼬마 용은 숨을 깊이 들이마시고는 용기를 내어 큰소리로 부르짖었습니다.

　"어르신께서는 평생 단 한번도 노래를 부르거나 춤을 추어본 적이 없겠지요. 한번도 웃으며 사는 즐거움을 느껴본 적이 없을 게 분명해요. 당신이 얼마나 외로운지, 무엇을 그리워하는지 한번이라도 솔직하게 고백해 본 적이 있으세요? 당신은 늙었어요. 하지만 여태껏 단 한번이라도 진정으로 행복한 적이 있었나요?"

　꼬마 용은 나지막한 소리로 말끝을 흐렸습니다.

　"정말이지 가여우시군요……."

　어른 용은 묵묵히 그녀를 뚫어져라 쳐다볼 뿐이었습니다. 아직까지 어느 누구도 그에게 감히 이런 말을 할 엄두조차 내지 못했던 것입니다.

　꼬마 용은 꿀꺽 마른침을 삼키고, 어른 용의 어이없어하는 눈길을 애써 외면했습니다. 그러고는 목소리를 가다듬은 뒤 다부지게 말했습니다.

　"어쨌든 저는 떠나겠어요!"

　꼬마 용은 보따리를 챙겨 빠른 걸음으로 동굴을 빠져나왔습니다.

부랴부랴 도망치듯

동굴 밖으로 나온 꼬마 용은 아름드리 나무 밑에 털썩 주저앉았습니다.

"휴우!"

이마에 흐르는 땀을 훔쳐내면서 뛰는 가슴을 쓸어내렸습니다. 정말로 큰일을 치렀지 뭡니까.

육중하게 버티고 선 동굴 입구의 문 틈으로 간간이 말토막들이 새어나왔습니다. 순간적인 실어증에서 회복한 어른 용이 노발대발 화를 냈습니다.

"바람 든 계집애!"

꼬마 용의 뒤통수에 꽂힌 마지막 말이었습니다.

"행복하고 싶다고? 헛소리……. 찾아나서겠다? 정신 나간 소리!"

그렇지만 꼬마 용은 더 이상 그 말이 겁나지 않았습니다. 어른 용을 납득시키기 위해 그녀는 할 수 있는 것은 다했습니다. 뭐, 어쩌면 꼭 그게 최선은 아니었을지도

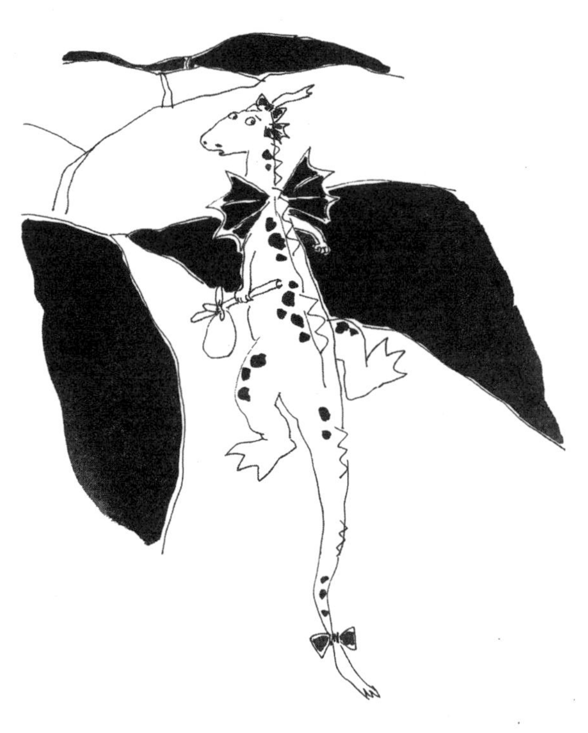

모릅니다. 하지만 지금까지 꼬마 용이 말솜씨를 익힐 기회가 너무 적었으니 어쩌겠습니까. 어른 용을 이해시키지 못한 게 못내 아쉬웠지만, 이제서야 비로소 스스로에게 확신을 갖게 되었습니다.

이제는 꼬마 용이 찾는 게 정말로 존재하는지, 또 그 속에서 그녀가 진정으로 행복해질 수 있는지의 문제가 남았습니다…….

일단 첫발은 내딛은 셈입니다. 부담스러운 면담을 끝낸 것도 홀가분했습니다.

"푸르르르……."

그녀는 가벼운 한숨을 내쉬었습니다. 이젠 제대로 시작하는 것입니다. 시나브로 어둠이 밀려왔습니다. 꼬마 용은 보따리를 어깨에 척 둘러메고 좁은 오솔길을 따라 숲속으로 걸어 들어갔습니다.

얼마쯤 걸었을까요. 몹시 피곤했습니다. 참으로 고된 하루였으니까요. 꼬마 용은 푹신한 이끼밭을 찾아 보따리를 머리에 베고 몸을 둥글게 웅크리고 누웠습니다. 밤은 이미 그녀에게 친숙했습니다. 흡족한 마음으로 하늘을 올려다보며 반짝이는 별들과 노란 꿀빛 달에게 찡긋 눈인사를 한 다음 잠이 들었습니다.

꼬마 용은 새들이 지저귀는 소리에 잠에서 깨어났습니다. 순간 깜짝 놀라 주변을 두리번거렸습니다.

"여기가 어디지? 아, 맞아……."

그제서야 어제의 일이 주마등처럼 머릿속에 떠올랐습니다. 꼬마 용은 정신을 가다듬고 잠자리에서 일어나 앉았습니다. 신기한 눈으로 주위를 둘러보았지요.

어느새 꼬마 용은 곰곰이 생각에 잠겨, 버릇인 턱을 살살 긁고 있었습니다.

모험을 떠난다…… 초원과 고양이를 찾아서. 그렇지만 대체 어디로 가야 한단 말인가? 거기가 과연 어디일까?

시작은 좋았습니다. 하지만 어른 용이 여기 이렇게 앉아 있는 꼬마 용을 본다면 징그럽게 비웃을 게 뻔합니다. 그 생각 하나만으로도 꼬마 용은 다시 보따리를 싸, 길을 떠나기에 충분했습니다. 한 가지는 분명했으니까요. 가만히 앉아서는 절대로 자신의 초원을 찾을 수 없다는 것 말입니다. 그렇게 계속 걷다보면 도중에 길을 물어볼 만한 누군가를 만날 수도 있을 테지요.

꼬마 용은 조그만 호수가에 이르렀습니다. 세수를 하고 이마에 흘러내린 애교머리를 단정하게 가르마를 타 빗어 넘기려고 끙끙거렸습니다. 머리카락이 워낙 제멋대로라서 언제나 여간 애를 먹는 게 아니었습니다. 한참을 씨름한 뒤, 꼬마 용은 마침내 자신의 외모에 흡족해져서 '씨익' 은근한 웃음까지 띠며 혼잣말을 중얼거렸습니다.

"자, 고양이 씨, 이제 나오시지!"

눈을 휘둥그렇게 뜬 꼬마 용은 호수 주변을 두리번거렸습니다. 분명 어딘가에 길을 물어볼 만한 누군가가 있을 법도 한데 아무도 보이지 않았습니다. 그럼 좋아, 그녀는 생각했습니다.

일단 전진……

숲은 가도가도 끝이 보

이지 않았습니다. 더더욱 초원은 기미조차 없었습니다.
점심때가 되면서 꼬마 용은 서서히 불안해지기 시작했습
니다. 다리가 아프고 배도 고팠습니다.

"가만, 저기 떡갈나무 위에 앉아 있는 게 뭐지?"

꼬마 용은 눈을 가늘게 뜨고 자세히 올려다봤습니다.
그랬습니다. 거기, 부리에 안경을 걸친 이상하게 생긴 까
만 새 한 마리가 머리를 푹 수그린 채 열심히 책을 읽고
있었습니다. 반가웠습니다. 저렇게 박식한 새라면 초원에
다다를 방법을 가르쳐줄 수 있을 게 분명합니다. 꼬마 용

은 단숨에 나무로 달려가 밑동을 정중하게 톡톡 두드렸습
니다.

"여보세요. 잠깐 방해 좀 해도 될까요?"

"벌써 방해했잖니!"

새가 다짜고짜 아래를 향해 끄르륵거렸습니다. 여전히
두 눈은 책에 붙박여 있었습니다.

"뭘 원하는 거냐?"

'피이, 눈길 한번 주지 않다니. 나한테 별로 흥미가 없
구나.'

꼬마 용은 속으로 이렇게 생각했지만, 그래도 다시 물
었습니다.

"무언가를 찾고 있어요. 혹시 어디 가면 그걸 찾을 수
있는지 아시나요?"

"책을 읽어라!"

새가 딱 잘라 말했습니다. 그러더니 여전히 읽기에 몰
두한 채, 옆에 놓인 커다란 책 한 권을 오른발로 툭 건드
려 밑으로 떨어뜨렸습니다.

"옛다!"

꼬마 용은 어안이 벙벙했지만 떨어지는 책을 얼결에 받
아들었습니다.

『인생을 사는 법』. 표지에는 금물을 입힌 멋스러운 필

체로 이렇게 적혀 있었습니다.

'됐어, 여기에서 뭔가 도움이 될 만한 걸 찾을 수 있을 거야.'

꼬마 용이 편안하게 자리 잡고 앉아 책을 읽기 시작했습니다. 차례는 별로 재미있어 보이지 않았습니다. '자기 계발(entfalten:어원상 '허물을 벗고 자신의 재능을 펼친다'는 의미가 내포되어 있음).' 꼬마 용은 대뜸 나비를 떠올렸지만 지은이의 의도는 그것이 아닌 것 같았습니다. 그리고 '삶에 관한 이론.' 오, 세상에 이런 것도 있었나? 꼬마 용은 시큰둥한 표정으로 책장을 이리저리 뒤적거렸습니다.

하지만 읽으면 읽을수록 오리무중이었습니다. 죄다 그럴싸하게 들렸고, 이런저런 처세를 제시한 것으로 미루어 지은이는 어느 정도 삶을 이해하는 것 같았습니다. 하지만 용들이 이 책을 읽으면서 무슨 생각을 떠올릴지는 정말 스스로도 난감했고, 더구나 꿈속에서 보았던 초원에 이르는 이정표는 눈을 씻고 봐도 없었습니다. 아무런 도움이 되지 않았습니다.

꼬마 용은 책을 덮고 다시 나무 위를 올려다봤습니다.

"뭣 좀 물어볼게요."

꼬마 용이 소리쳤습니다.

"그새 또 뭐가 궁금한 거냐? 난 지금 독서중이야!"

"당신은 그렇게 책을 많이 읽으시니 틀림없이 인생을 알 것 같아요. 말해 주세요. 어떻게 하면 제가 행복해질 수 있을까요?"

"인생이란 책 속에 나와 있단다. 책을 읽어……. 그리고 나를 좀 내버려두려무나. 난 아직도 예순세 권이나 더 읽어야 해."

"인생은 책에 적혀 있다!"

꼬마 용은 생각했습니다.

'그럴 수도 있겠지……. 하지만 내가 원하는 건 삶을 읽는 게 아니야. 직접 살아보는 거지.'

어쩌면 이 박학다식한 새가 말하는 '인생'이란 그녀가 생각하는 인생과 조금 다른지도 모르겠습니다. 꼬마 용은 나무 밑동에 책을 가만히 놓아두고 정중하게 고맙다는 인사를 한 뒤, 다시 보따리를 짊어지고 가던 길을 계속 가기로 했습니다

지치고 의기소침해진 꼬마 용은 숲속 오솔길을 타박타박 걸어갔습니다. 이런 만남은 그녀에게 그다지 커다란 도움이 되지는 않은 모양입니다……

꼬마 용이 문득 멈춰섰습니다. 무슨 소리지? 두 귀가 쫑긋 섰습니다. 가지각색의 목소리 같기도 하고 새된 웃음소리 같기도 했습니다.

꼬마 용은 저쪽 어딘가에서 들려오는 그 소리를 향해 조심스레 다가갔습니다. 그런데 소리의 정체를 본 순간, 꼬마 용은 깜짝 놀랐습니다. 숲속 넓은 빈터에서 한 서른 마리쯤 되는 생쥐들이 큰소리로 깔깔거리며 실없이 장난치고, 서로 잡고 잡혀주면서 정신없이 빙글빙글 돌고 있

었습니다.

'아, 생쥐들이 놀이를 하고 있구나.'

꼬마 용은 가슴에 울컥 부러움과 그리움이 솟았습니다.

'나도 저기 끼어 함께 놀면 되겠어.'

바로 그 순간 요란하던 생쥐 무리가 갑자기 조용해졌습니다. 그러자 생쥐 한 마리가 낭랑한 목소리로 이렇게 말했습니다.

"이젠 무슨 놀이를 할까?"

"나한테 좋은 생각이 있어."

또 다른 생쥐가 소리쳤습니다.

"'누가누가 못된 용을 잡나' 하는 놀이가 어때?"

그러자 생쥐들은 환호성을 질렀습니다. 그들은 아까보다 더 포악하게 이리 뛰고 저리 뛰면서 서로를 사냥하기 시작했습니다.

꼬마 용은 자기 귀를 의심했습니다. '누가누가 못된 용을 잡나'라고 했던가? 그들과 같이 놀자고 다가가는 것은 그다지 현명하지 않은 듯합니다. 거기에서 맡을 수 있는 역할이란 뻔했으니까요. 어떻게 저런 놀이를 할까? 상관없어. 어쨌든 그녀는 어울리고 싶지 않았고, 그래야 옳았습니다.

꼬마 용은 다시 오솔길로 발길을 옮겼습니다. 찢어질

듯 찍찍거리는 소리가 여전히 꼬마 용의 귓전에 맴돌았습
니다.

꼬마 용은 정신없이 오솔길을 따라 달렸습니다. 정말로
그 초원을 찾을 수 있을까, 그리고 그 작은 예쁜 고양이
도……. 급격히 초조해졌습니다.

그때, 뭔가가 그녀를 향해 질주해 왔습니다. 그리고 두
팔을 휘저으면서 흥분해서 소리쳤습니다.

"저리 비켜. 급해, 급하다고!"

영문을 모른 채 넋이 나간 꼬마 용이 그 자리에 우뚝 멈
춰섰습니다. 길이 너무 비좁고, 꼬마 용이 그새 좀 야위
었다고는 해도 버드나무 가지만큼 호리호리하지는 않았
기 때문에 본의 아니게 달려오는 이를 가로막지 않을 수
없었습니다.

"안녕하세요……?"

꼬마 용이 상냥하게 말했습니다.

"저리 비키라니까, 회의에 늦겠어!"

회의라고? 아직 한번도 들어본 적이 없는 이 단어 때문
에 꼬마 용은 길을 비켜주어야 한다는 사실을 까맣게 잊
고 말았습니다.

"회의라고 하셨나요? 그게 뭐죠?"

"여럿이 모여 인생에 대해서 토론하는 거지."

그는 서둘러 대답하고는 아직도 길 한가운데에 버티고 서 있는 꼬마 용을 날렵하게 비켜 지나쳤습니다. 어느새 그는 저만치 달려가고 있었습니다.

꼬마 용은 고개를 살래살래 저었습니다. 세상에는 그녀가 정확히 이해할 수 없는 일들이 무수히 많은 모양입니다. 그래도 할 수 없지요. 그는 이미 저만큼 멀어져 더 이상 물어볼 수도 없었으니까요.

계속 앞으로 이어지는 길은 끝날 것 같지 않았습니다.

꼬마 용은 잠자리를 찾아보기로 했습니다. 오늘 겪어야 할 몫은 충분히 겪었으니 좀 쉬는 게 좋을 것 같습니다.

금잠화 덩굴이 기꺼이 꼬마 용을 받아주었습니다. 금잠화 덩굴의 보호 속에 편안히 몸을 뉘었습니다. 그리고 마른 빵 한 조각을 오독오독 씹어 먹었습니다. 서서히 의구심이 일었습니다. 길을 떠나온 것이 정말로 잘한 일일까……. 그러다 결국 잠이 들기는 했지만…….

다음날 아침 꼬마 용은 기대에 부풀어 눈을 떴습니다. 그녀는 생각했습니다.

'오늘은 기필코 그 초원을 찾을 거야……'

푹 자고 일어나니 다시 힘이 솟았습니다. 간단히 아침을 챙겨 먹고 길을 나설 때는 세상이 다시금 환해 보였습니다.

오솔길이 차츰 넓어지면서, 나무들도 조금씩 옆으로 물러나 서 있었습니다. 이제 무엇이 나타날까, 꼬마 용은 몹시 긴장했습니다. 아니나 다를까, 정말로 무언가가 나타났습니다. 교차로였습니다. 이제까지 꼬마 용이 걸어온 오솔길을 가로지르는 길입니다. 꼬마 용은 주춤 걸음을 멈추었습니다.

'이제 어느 길로 가야 하지?'

이 길로 몇 미터, 저 길로 몇 미터씩 가다가 되돌아오길 몇번인가 되풀이했습니다.

'어떻게 한담?'

어찌할 바를 몰랐습니다. 두 길 어느 쪽에도 신호나 이정표라고 할 만한 것은 없었습니다. 하는 수 없이 꼬마 용은 전적으로 느낌에 맡기기로 했습니다.

꼬마 용이 택한 길은 점차 어두운 전나무 숲으로 이어졌습니다. 조금씩 겁이 났습니다. 하지만 씩씩하게 앞으로 계속 걸어갔습니다.

'정말로 이 길이 초원과 이어질까? 내 느낌이 정말로 옳았던 걸까?'

이제는 돌아갈 수도 없습니다. 어쩔 수 없이 꼬마 용은 계속 걸었습니다. 가슴에는 불안감을 가득 안고서…….

그런데 서서히 숲에 빛이 새어들었습니다. 숨통이 트이는 듯했습니다. 저기, 환한 빈터가 보였습니다. 꿈에 본 그 초원이 분명했습니다. 온갖 짐승과 그녀의 꿈이 가득한…….

꼬마 용은 발에 잡힌 물집도 아랑곳하지 않고 걸음을 재촉했습니다. 그리고 마침내, 감격에 차 할 말을 잃은 채 숲 가장자리에 우뚝 섰습니다. 그랬습니다. 꿈에서 본 바로 그 초원이었던 것입니다. 다람쥐가 그랬고, 평화로이 서로 뒤엉켜 뒹구는 노루와 작은 들염소가 그랬습니다. 작은 호수가에는 바로 그 비버와 곰도 보였습니다.

오직 작은 고양이만이 보이지 않았습니다. 그래도 아마 멀리 있지는 않을 것입니다…….

"드디어 왔어!"

꼬마 용은 가슴이 고무풍선마냥 부풀어올랐습니다. 깊은 행복감으로 충만했습니다. 천천히 초원을 향해 나아갔습니다.

"푸르르르르르!!!"

기쁨의 탄성이 절로 나왔습니다.

순간 동물들이 얼어붙은 듯 꼿꼿이 선 채 그녀를 멍하니 쳐다봤습니다. 야릇한 정적이 초원을 뒤덮었습니다. 심지어는 나뭇잎마저 살랑거리기를 멈추었습니다. 하지만 꼬마 용은 팽팽하다 못해 터질 것 같은 이 긴장감을 느끼지 못했지요. 오히려 두 앞발을 활짝 벌리고 초원으로 달려나가면서 소리쳤습니다.

"얘들아, 같이 노올……."

그런데 이게 웬일입니까. 초원은 정말 거짓말처럼 순식간에 텅 비어, 파리 한 마리 보이지 않았습니다. 꼬마 용은 어리둥절해 주변을 기웃거렸습니다.

'대체 무엇이 잘못된 거지? 드디어 목적지에 이르렀다고 얼마나 좋아했는데. 그냥 함께 놀자고 했을 뿐인데…….'

꼬마 용은 힘없이 두 귀를 축 늘어뜨린 채, 기쁜 나머지 보따리를 내팽개쳤던 숲 가장자리로 다리를 질질 끌며 돌아갔습니다. 그러고는 나무 아래 털썩 주저앉아 텅 빈 초원을 물끄러미 바라보면서 생각했습니다.

'흠! 내가 동물들을 놀래킨 건가? 물론 그럴 수도 있겠지…… . 자기들과 놀자는 용은 흔치 않을 테니까.'

그렇습니다. 이런 생각이 그녀에게 빛을 던져주었습니다. 곰곰이 생각하면 생각할수록 동물들의 행동이 이해되었습니다. 결코 놀래키려는 것은 아니었는데…… . 그렇다면 다른 어떤 방법이 필요했습니다.

계속 이렇게 앉아 있으면 절대 동물들은 다시 나타나지 않을 것입니다. 꼬마 용은 초원이 잘 내다보이는 덤불 속으로 몸을 숨겼습니다.

'어떻게 하면 동물들이 나를 믿고 받아들여 줄까? 혹시…… , 아주 아주 조심스럽게, 동물들이 전혀 눈치채지 못하도록 살금살금 기어나가면 안 될까? 어느새 그들 틈에 함께 있다보면, 내가 단지 함께 놀기를 바랄 뿐이라는 사실을 그들도 알게 되지 않을까?'

꼬마 용은 머릿속에 떠오른 생각들을 하나하나 치밀하게 정리했습니다. 물론 희망을 갖기로 했구요.

어느덧 초원에 동물들
이 다시 하나둘 모여들었습니다. 하지만 가끔씩 께름칙한
시선으로 주위를 두리번거렸습니다.

'지금이야!'

꼬마 용은 배를 땅에 바싹 붙여 몸을 최대한 낮추고, 숨
어 있던 덤불에서 조심스럽게 기어나왔습니다. 10센티미

터, 10센티미터, 점점 초원이 가까워졌습니다. 뱃살이 점점 견디기 어려울 만큼 간질간질했지만, 그래도 조금만 더 조금만 더……

'입김을 조심해. 입을 꾹 다물어!'

꼬마 용은 숨조차 쉬지 않았습니다.

'됐어!'

이제 곧 몸을 일으켜 줄곧 그 틈에 끼어 있었다는 듯 태연스레 어울려 놀 수 있을 것입니다.

꼬마 용은 의기양양해서, 초원을 가로질러 뛰어오는 곰을 눈부신 시선으로 바라보았습니다. 그런데 잠깐……, 어찌된 일입니까. 곰이 꼬마 용을 향해 곧장 돌진해 오는 게 아닙니까. 벌써 들켜버린 걸까요? 그럴 리가……. 그래도 혹시 몰라 꼬마 용은 좀더 깊이 잔디에 머리를 파묻었습니다.

곰은 꼬마 용을 보지 못한 모양입니다. 꼬마 용의 어깨를 타고 넘어가 꼬리까지 내려갔다가는 어느새 꼬마 용의 몸 한가운데 쏙 들어와 있는 게 아닙니까. 이때다 싶어 꼬마 용이 속삭였습니다.

"얘!"

그러자 소스라치게 놀란 곰이 외마디 소리를 지르며 흠칫 뒤로 물러났습니다. 그러고는 완전히 넋을 잃은 채 여태까지 타고 놀던 푸르죽죽한 물건을 멍하니 쳐다봤습니다. 곰의 눈 속에 알겠다는 빛이 번졌습니다. 그때서야 정신을 차린 듯 곰이 비명을 질렀습니다.

"용이다. 용이 다시 나타났다!"

그 말이 떨어지기 무섭게 후다닥 소리가 나는 듯싶더니 정말로 눈 깜짝할 새에 초원의 빈터는 말 그대로 '빈' 터가 되어 버렸습니다.

꼬마 용은 앞발로 땅을 내리쳤습니다.

"제기랄!"

화가 나 벌떡 몸을 일으키려는데 퍼뜩 스치는 생각이 있었습니다.

'지금부터 동물들은 커다란 초록빛 바윗덩어리를 조심하겠지…….'

꼬마 용은 텅 빈 시선으로 다시 덤불 속으로 기어들었습니다.

모든 게 왜 이리도 힘든 것일까? 그냥 다른 동물들한테 다가가 '얘들아, 안녕! 나는 용이야. 너희들과 함께 놀고 싶어!' 라고 말하면 안 되는 것일까?

꼬마 용의 두 눈이 촉촉해졌습니다. 나지막이 흐느꼈습니다. 용으로 태어나 처음으로 실컷 울어보았습니다.

꼬마 용은 콧숨을 푹푹 내쉬면서 덤불 속에 누워 있었습니다. 얼굴은 눈물로 얼룩졌고, 상처입은 가슴은 싸하니 아려왔습니다. 몸이 바들바들 떨리면서 마른 딸꾹질이 나왔습니다. 모든 게 꼬마 용의 생각과는 너무 달랐습니다.

정말이지 다른 동물들에게 다정하게 대해주고 싶었는데, 그들은 꼬마 용의 그런 마음을 이해하지 못하는 것 같습니다. 어쩌면 꼬마 용의 표현이 서툴렀던 때문인지도 모르지요. 아무튼 꼬마 용은 다른 동물들이 그녀를 너무 무서워하는 나머지 그녀의 말에 제대로 귀조차 기울이지 않는다는 느낌이 들었습니다.

젠장, 꼬마 용은 생각했습니다.

내가 무섭고 추해 보일지는 몰라. 하지만 결코 못되게 군 적은 없어⋯⋯. 누구를 해친 적도 없고, 그러기를 원치 않아.

외모⋯⋯. 아! 그래, 겉모습을 바꿔보면 어떨까? 다른 동물들이 내가 용이라는 걸 알아볼 수 없도록 말이야. 그렇다면 내가 얼마나 부드럽고 친절한지 다른 동물들에게 보여줄 기회라도 생기지 않을까?

이 생각이 꼬마 용을 얼마나 사로잡았는지 모릅니다. 꼬마 용은 앞발을 반짝 들고 탐색하는 눈빛으로 주위를 찬찬히 둘러보았습니다.

변장…… 튀지 않도록 다른 걸 입어 보자…….

다시금 꼬마 용의 눈빛이 희망으로 빛났습니다. 이끼, 나뭇가지, 꽃, 잔디…… 들이 사진처럼 또렷한 영상으로 꼬마 용의 눈에 들어왔습니다.

그러다가 문득 좋은 생각이 떠올랐다는 듯 생기발랄해진 모습으로 어디론가 성큼성큼 걸어갔습니다. 길다란 담쟁이 덩굴을 발견한 것입니다. 꼬마 용은 덩굴을 툭 꺾어 몸뚱이에 둘둘 휘감았습니다. 살갗이 밖으로 삐져나오지 않도록 잔가지와 나뭇잎을 빈 틈에 적당히 쑤셔넣었습니다. 그래도 삐져나온 틈은 풀로 촘촘히 메워 살갗이 1센티미터도 드러나지 않도록 했습니다. 유난히 튀어나온 주둥이와 꼬리는 길다란 가지로 단단히 동여맸습니다. 끝으로 꽃 몇 송이를 꽂아 마무리하고, 왼쪽 앞발에는 커다란 상춧잎 한 장을 부채처럼 들어 애교스런 느낌을 더했습니다. 꼬마 용은 마냥 흡족해서 자기 몸을 내려다보았습니다. 이쯤이면 아무도 그녀를 알아보지 못할 것입니다.

꼬마 용은 뒷다리로 사뿐히 일어서서는 상춧잎으로 우

아하게 부채질해가며 동물들이 다시 평화롭게 놀고 있는 초원을 향해 걸어갔습니다.

이상한 물체가 다가오는 것을 보자 동물들은 일제히 머리를 그쪽으로 돌렸습니다. 동물들은 아무 말도 건네지 않았지만 그렇다고 줄달음치지도 않았습니다. 꼬마 용에게는 그것만으로도 충분했습니다.

"안녕!"

꼬마 용은 할 수 있는 한 최대한 목소리를 높여 말했습니다.

"같이 놀자……."

동물들은 여전히 미동도 않은 채 그 자리에 서 있었습니다. 갑자기 다람쥐가 깔깔거리며 배꼽을 잡고 땅바닥에 나뒹굴기 전까지는 말입니다.

꼬마 용은 당황했습니다. 그러나 적어도 자기를 에워싼 동물들의 표정에 긴장감은 사라져 있었습니다. 다람쥐는 꼬마 용에게 손가락질까지 해가며 연신 까르르거렸습니다. 그러다 간신히 정신을 가다듬고는 헥헥거리며 말했습니다.

"저건……, 낄낄낄……, 그 용이잖아…… 깔깔깔……."

동물들은 반사적으로 한 발짝씩 뒷걸음질쳤습니다. 그리고는 그 이상한 초록색 물체를 관찰하는 거였습니다.

다람쥐의 말이 맞았습니다. 어떻게 그걸 몰라보겠습니까. 그것은 다름아닌, 벌써 자신들을 여러번 귀찮게 했던 바로 그 용이었습니다. 그것도 정말이지 우수꽝스러운…….

주둥이와 입은 초록색 덤불 밖으로 삐죽 비어져나오고, 하늘거리는 잎사귀 밑으로 튼튼한 다리가 버티고 서 있었습니다.

바로 그때, 더 이상 참을 수 없어 터져나온 콧바람 때문에 나뭇잎이 훅하고 떨어졌습니다. 꼬마 용과 동물들이 서로를 멍하니 응시한 채 몇분, 아니 몇초가 지났을까요. 갑자기 동물들이 일제히 배를 움켜잡고 웃으며 그녀에게 손가락질해댔습니다.

꼬마 용의 가슴에서 분노가 치솟았습니다. 웬만한 건 다 참을 수 있지만 비웃음을 당하는 것, 그것만은 참기 힘들었습니다. 이러리라고는 꿈속에서도 생각해 보지 못했습니다. 많이 바란 것도 아니고, 단지 함께 놀기를 원했을 뿐인데, 그게 다른 이들의 웃음거리가 되다니요. 차라리 외톨이가 되는 편이 나았습니다.

아무도 나를 진지하게 받아들여 주지 않는다면…… 그렇다면 좋아…….

꼬마 용은 격분하여 몸에 감았던 것들을 훌훌 벗어던졌습니다. 그러고는 몸을 벌떡 일으켜 가능한 한 커다란 소리로 입김을 내뿜었습니다.

"푸르르르르르!!!!!"

정말이지 이젠 넌더리가 났습니다. 사방에 뿌연 연무가 자욱할 즈음 꼬마 용은 뒤도 안 돌아보고 숲 쪽으로 터벅터벅 걸어 들어갔습니다.

덤불 속에 내팽개쳐 두었던 보따리를 찾아 어깨에 걸머졌습니다. 발등에 먼지가 뽀얗습니다. 아무렇게나 툭툭 털고는 어두운 숲속으로 총총히 사라졌습니다.

끝났어, 그만하면 됐다고. 꼬마 용은 더 이상 바라지 않았습니다. 포기했습니다. 돌아가는 거야. 꼬마 용의 가슴에 다시 아늑한 권태가 깃들도록, 이상도 꿈도 포기해야 했습니다. 하지만 고양이는, 그 고양이는 어쩌지? 그 역시 꿈에 불과한 것이었을까?

갑자기 피로가 엄습했습니다. 정말이지 후줄근히 지쳤습니다. 꼬마 용은 가까스로 숲길을 따라 발걸음을 내딛었습니다. 발에 실린 몸뚱어리며 바닥에 질질 끌리는 꼬리가 마치 납덩이 같았습니다. 오로지 절실한 것은 잠뿐, 세상이며 초원에서 겪었던 일들을 까맣게 잊는 것이었습니다. 꼬마 용은 몇번인가 비틀거리다가 쓰러졌고, 그런 김에 아예 그대로 누워 있기로 했습니다.

지독한 한기가 느껴져

눈을 떴을 때는 칠흑 같은 밤이었습니다. 꼬마 용은 직접 뜨개질 한 양말을 보따리에서 꺼내 신었습니다. 그래도 추위는 가시지 않았습니다. 결국 겨울잠을 잘 때 덮던 이불마저 꺼내 몸에 둘둘 말았습니다……. 그렇게 수선을 떨고 나니 정신이 말똥말똥해졌습니다. 꼬마 용은 다시 잠들지 못하리라는 걸 압니다. 그래서 큰 고목나무에 기대고 앉아 어두운 밤 하늘을 물끄러미 바라보았습니다.

그래요, 꼬마 용은 모든 걸 포기했습니다. 그녀가 꿈꾸었던 걸 하나도 찾지 못했습니다. 지금까지 그녀를 지탱해주던 용기와 신념도 그녀를 떠났고, 남은 것은 절절한 절망뿐입니다.

내 살던 동굴이 그래도 좋았는데…… 늙은 떡갈나무는 잘 있을까?

"어쩌자고 떠나온 거야?"

꼬마 용은 자신도 모르게 어두운 밤 하늘에 대고 커다란 소리로 스스로를 질책했습니다.

"끄르륵!"

그때, 용이 기대고 있던 나무에서 소리가 들려왔습니다. 꼬마 용은 화들짝 놀라 위를 올려다봤지요. 소리가 어디에서 나는지 도무지 알 수 없었습니다. 꼬마 용은 귀를 쫑긋 세우고 나무 위를 자세히 살폈습니다. 그때 무성한 나뭇가지 사이로 작은 초록 불빛 두 개가 깜박거리는 게 보였습니다.

"거기, 누구세요?"

꼬마 용은 조심스레 물었습니다. 또 무슨 일이 닥칠지 몰라, 꼬마 용은 그새 정말 소심해졌습니다.

"내 이름은 바라야, 부엉이지."

나무 위에서 끄르륵거리며 들려오는 대답 역시 꼬마 용만큼이나 조심스러웠습니다.

"너는 지금 내 나무 밑에서 무얼 하고 있는 거니?"

부엉이가 물었습니다.

"휴우, 잠깐 잠이 들었어. 그런데……"

“그런데⋯⋯?”

부엉이가 되물었습니다.

“흠, 얘기하자면 길어. 혹시 넌 알지 모르겠구나⋯⋯.”

꼬마 용이 슬픈 어조로 말했습니다.

“나는 용이란다. 초원과 꿈을 찾아다녔어. 그런데 그게 썩 좋은 생각은 아니었나봐⋯⋯.”

그러자 부엉이가 따뜻한 목소리로 물었습니다.

“왜 그러는데?”

“뭐, 모든 걸 너무 쉽게 생각한 거지. 지금 막 내 동굴이 어떻게 됐을지 걱정하던 참이야.”

“향수병이로구나.”

부엉이가 객관적인 진단을 내렸습니다.

“하지만 그건 조금 있으면 나아.”

그러나 그 말은 꼬마 용에게 별로 위안이 되지 못했습니다.

“바라, 말해 줄래? 동물들은 어째서 나를 무서워하는 거지?”

꼬마 용이 물었습니다. 바라라면 말해 줄 수도 있을 것 같았습니다.

“너는 용이잖아.”

바라가 말했습니다.

"그래서?"

"용은 무서워, 무섭다고."

"하지만 난 아냐……!"

꼬마 용은 버럭 소리를 질렀습니다.

"그래, 하지만 다른 동물들이 그걸 알까?"

바라가 반문했습니다. 그러고 계속했습니다.

"네가 하는 말을 알아들을 수조차 없어. 푸르르거리면서 입김을 내뿜으면 동물들은 네가 다른 용들처럼 자기들을 겁주는 것으로 여긴단다. 너희가 쓰는 언어가 다르다고나 할까."

꼬마 용은 바라의 말을 곰곰이 곱씹었습니다.

내가 무엇을 원하는지 좀더 확실하게 전달해야 하지 않을까? 하지만 무슨 수로? 다른 동물들은 나에게 귀 기울일 생각조차 하지 않는걸…….

"바라!"

꼬마 용이 망설이며 말했습니다.

"왜?"

"내 말을 다른 동물들에게 이해시킬 방법이 없을까?"

"없어. 그걸 알았더라면 나도 이렇게 외롭지는 않았을 거야……."

부엉이가 의기소침한 소리로 대답하더니, 서둘러 이렇

게 덧붙였습니다.

"이젠 내 둥지로 가야 해. 저기 동이 트고 있어. 그럼 잘 지내. 널 만나서 반가웠어."

부엉이는 사라졌습니다. 아쉬운걸, 꼬마 용은 생각했습니다. 경험이 풍부해 보이는 부엉이였는데, 저런 부엉이에게는 들어둘 말이 많을 텐데……. 뭐, 할 수 없지.

꼬마 용은 이불 속에서 몸을 옹송그린 채 서서히 어둠을 제압해 가는 동쪽 하늘을 바라보았습니다. 유연하고도 당당하게 치솟는 붉은 태양이, 신비스럽게도 꼬마 용의 가슴에 삶에 대한 호기심을 새삼 일깨웠습니다.

"외국어!"

꼬마 용은 퍼뜩 생각이 떠올랐습니다.

"외국어를 배우는 거야. 덩치가 큰 짐승이라면 내게 겁을 내지 않을 수도 있잖아?"

그 생각도 잠시 꼬마 용은 어느새 깊은 잠에 빠져들었습니다…….

꼬마 용이 눈을 떴을 때는 해가 중천에 떠 있었습니다. 그녀는 늘어지게 하품을 하면서 기지개를 켰습니다.

외국어, 왜 그 생각을 못했을까? 새벽에 바라와 나누었던 이야기를 떠올리면서 꼬마 용은 좀 혼란스러웠습니다. 하지만 짧은 순간, 그녀의 뇌리에 앞으로의 계획이 일목

요연하게 정리되었습니다.

한번 더, 마지막으로 시도를 할 것입니다. 이번에도 실패하면 정말로 포기하려 합니다. 그러나 이번 계획은 너무 확실하기 때문에 절대로 실패할 리가 없습니다.

일단 용 앞에서 지레 겁을 먹지 않을 만큼 몸집이 커다란 동물을 찾아야 합니다. 그리고 이번에는 불쑥 나타나지 않고, 대신 기다리고, 관찰하고, 경청하면서 그들의 언어를 배울 것입니다. 그러면 그들에게 자신을 이해시킬 수 있을 테니까요……

"그럼 좋았어, 해보는 거야!"

꼬마 용은 이렇게 결심하고 길을 떠났습니다.

역시 운이 좋았습니다. 숲을 벗어나자마자 아름다운 초원이 펼쳐졌습니다. 용은 살금살금 앞으로 나아갔습니다. 다행히 낮은 관목 덩굴이 숨는 데 요긴했습니다. 그렇게 얼마쯤, 빈터에 거의 다다랐습니다. 정말로, 저만치에 크고 당당해 보이는 사슴 무리가 나타났습니다. 튼튼한 뿔이 수려하게 가지치기를 한 자태가 여간 위풍 있어 보이는 게 아니었습니다. 꼬마 용은 편안한 자세를 취했습니다. 이번에는 차분하게 기다리면서 그들을 유심히 관찰해야 하니까요. 절대로 성급하게 굴어서는 안 됩니다……

젊은 수사슴들은 전전궁궁 어쩔 줄 몰라했습니다. 발정기였던 것입니다. 그들은 괜찮은 암사슴이 없을까 하는 호기심과, 가능하다면 무리를 지배할 수 있는 우두머리가 되려는 야심에 그들 속을 휘젓고 다녔습니다.

그러면서 연신 '삐익' 소리를 질러댔습니다. 꼬마 용은 그 소리에 귀를 기울였습니다. 저런 소리를 낼 수 있는 동물이라면 그녀, 꼬마 용을 두려워하지 않을 것입니다. 그렇지만 그 소리를 배우기란 결코 만만치 않으리라는 걸 인정하지 않을 수 없었습니다. 꼬마 용은 덤불 속에 머리를 묻고, 혹시 들킬세라 조심하면서 아주 낮은 소리로 연습하고 또 연습했습니다.

마침내 스스로 들어도 깜짝 놀랄 만큼 비슷한 소리를 내게 되었습니다. 이제 꼬마 용은 그들에게 다가가도 좋겠다고 생각했습니다. 용기를 내어 한번 삐익 소리를 질러 기압을 넣고는 벌떡 일어나 과감히 초원을 향해 달려 갔습니다.

사슴 무리는 예상치 못한 돌발상황에 깜짝 놀랐습니다. 동시에 그들의 머리가 일제히 숲 쪽으로 향했습니다. 수사슴은 최대한 뿔을 높이 세워 경계를 표시하면서 자신이 할 수 있는 가장 위엄 있는 태도를 취했습니다.

꼬마 용은 기뻐 어찌할 줄을 몰랐습니다. 가슴이 벅찼습니다. 그녀에게 행운이 따라준 것 같습니다. 꼬마 용은 한 발짝 한 발짝 무리를 향해 걸어갔습니다. 동시에 '삐익' 소리를 점점 더 크게 냈습니다.

수사슴들은 망연자실 가만히 서 있었습니다. 저렇게 뱃심좋고 주제 넘게, 그들의 소리를 흉내내며 무리를 장악하려는 파렴치한은 평생에 처음이었습니다.

마침내 충격의 공백상태를 회복한 수사슴은 꼬마 용을 향해 더욱 커다란 소리로 '삐익' 하고 외쳤습니다. 이것을 친절한 환영인사로 받아들인 꼬마 용은 가슴으로부터 솟구치는 기쁨을 주체할 수 없었습니다. 그래서 역시 반갑게 '삐익' 하는 소리로 응수했고요……

'삐익' 거리며 두 발로 걷는 푸르죽죽한 짐승이 사슴에게는 사뭇 낯선 것이었습니다. 사슴은 잠깐 생각했습니

다. 자신을 확실히 보여줄 수 있는 유일한 수단이 무엇인
지를. 그러고는 즉시 행동으로 옮겼습니다. 처음에는 천
천히, 하지만 눈 깜짝 할 새에 뿔을 쓰기에 가장 좋은 각
도로 머리를 숙인 채 냅다 돌진했습니다. 공격입니다!

꼬마 용은 여전히 상황을 파악하지 못하고 있었습니다.
한껏 고조된 소리로 삐익거리면서 함께 어울리자고 달려
오는 사슴을 향해 따박따박 걸어갔습니다. 이제는 다소곳
이 머리까지 숙였습니다. 이럴 때일수록 더욱 겸손하고
감사해야 하는 법이니까요…….

그런데 갑자기 옆구리가 떨어져 나갈 듯 아팠습니다.
사슴이 공격을 가한 것입니다. 조금 전까지 환희에 젖어
허공을 둥실둥실 떠다니던 꼬마 용은 참을 수 없는 고통
과 함께 곧바로 현실로 곤두박질쳤습니다. 두려움과 허망
한 마음으로 옆구리에서 흐르는 피를 내려다보았습니다.
동시에 또다시 공격해오는 사슴의 모습이 곁눈에 잡혔습
니다. 본능적으로 몸을 살짝 비껴 가까스로 피했지만, 공
포감이 엄습해 왔습니다.

사슴 무리는 어느새 숲 가장자리께로 물러나 잔뜩 상기
된 표정으로 싸움을 지켜보고 있었습니다. 사슴은 또다시
공격자세를 취했습니다. 꼬마 용은 마지막 힘을 다해 삐
익 소리를 질러봤지만, 그 소리는 이미 절망에 가득 찬

탄식과 비명에 가까웠습니다.

사슴이 전속력으로 돌진해 올 때 꼬마 용은 달아났습니다. 정신없이 뛰어 숲속에 이르렀을 때까지 여전히, 성난 하지만 승리의 확신에 가득 차서 더욱 기세등등해진 사슴의 울음소리가 귓전에 맴돌았습니다. 꼬마 용은 계속해서 달렸습니다. 그러다 사슴의 발굽 소리가 더 이상 들려오지 않을 즈음, 꼬마 용의 두 다리도 더 이상 뛰기를 거부했습니다.

건방진 라이벌의 도주를 확신한 사슴은 제 무리로 돌아갔습니다. 그 사이 무리 속에 또 무슨 일이 벌어졌을지 모를 일이니까요.

꼬마 용은 헉헉거렸습니다. 온몸에서 힘이 빠져나가는 걸 느꼈습니다. 상처에서는 여전히 피가 흘렀고 완전히 기진맥진한 꼬마 용은 그대로 바닥에 쓰러졌습니다.

시작은 황홀했습니다. 하지만 꼬마 용이 그토록 근사하게 삐익 소리를 냈건만 사슴은 용의 마음을 이해하지 못한 듯합니다.

꼬마 용은 이제 용기를 송두리째 잃어버렸습니다……. 남은 것은 슬픔과 고통뿐입니다. 용은 상처를 핥으면서 절망과 두려움으로 흐느꼈습니다. 그러다 불안한 잠 속으로 스르르 빨려 들어갔습니다.

꼬마 용에게는 얼마간
의 휴식조차 허락되지 않았습니다. 갑자기 뭔가 딱딱한
것이 옆구리에 부딪히며 넘어지더니 어둠 속에서 낮게 투
덜거렸습니다.

꼬마 용은 움찔 놀라 무거운 몸을 간신히 일으켰습니
다. 그러고는 최선의 방어행위로 약간의 입김을 내뿜은
뒤, 무슨 일인가 하고 어둠 속을 살폈습니다.

바로 그때 땅바닥에 누워 있던, 작은 언덕인가 싶던 물
체가 부스스 몸을 일으켰습니다. 그는 꼬마 용이 허공에

내뿜은 희고 작은 연무도 대수롭지 않다는 듯 무심한 어조로 계속해서 투덜거렸습니다. 그때 확하고 불꽃이 피어올랐지요. 그 바람에 꼬마 용은 하마터면 주둥이를 그을릴 뻔했습니다. 꼬마 용은 화들짝 놀라 한 발 뒤로 물러섰습니다.

"잠깐만!"

굵직하고 듣기 나쁘지 않은 목소리가 말했습니다. 불빛이 아까보다 더 가까이 다가왔습니다. 꼬마 용은 엉거주춤한 자세였지만 이미 뒷발을 잔뜩 긴장하고 있어 금세라도 달아날 준비가 되어 있었습니다. 몸이 바르르 떨렸습니다. 다시 통증이 시작된 것일까요, 아니면 너무 지친 탓일까요.

"겁낼 필요 없어."

굵직한 그 목소리가 말했고, 이상하게도 꼬마 용은 그 목소리에 믿음이 갔습니다.

"여기서 뭘 하고 있는 거지?"

그 목소리가 부드럽게 물었습니다.

"그냥…… 잠을…… 잠을 좀……."

꼬마 용이 지친 목소리로 말끝을 흐렸습니다.

"흠……."

정말이지 푸근한 목소리였습니다.

"아무리 그래도 길 한복판에서 잠이 들면 안 되지. 지나는 사람들이 넘어져 뼈라도 부러지면 어쩌려고……! 대체 넌 누구니?"

"나는 용이에요."

꼬마 용이 낮은 소리로 말하고는 다시 기어 들어가는 소리로 덧붙였습니다.

"제가 용이고 싶은지 아닌지는 의심스럽지만……."

"흠, 네 문제가 그리 간단해 보이지는 않는구나. 우리 숲 한가운데에서 이야기를 나눌 필요가 있을까?"

"맞아요."

꼬마 용이 말했습니다. 이제는 무슨 일이 생기든 자포자기 상태입니다. 그래도 터져나오는 하품을 한 발로 가린 것은 마지막 남은 자존심 때문이었습니다.

이루 말할 수 없이 절망적인 일들의 연속이었지만, 그 모든 시련 끝에 정말로 기적이 일어나려는 것일까요.

굵은 목소리의 주인공도 용의 그런 마음을 눈치챘는지 이렇게 말했습니다.

"있잖니, 내 오두막은 여기서 그리 멀지 않아. 비록 네가 잘 침대는 없지만. 하긴 넌 그런 것에 익숙지 않은 것 같다만. 편하게 누울 만한 푹신한 건초더미는 있단다. 그리고 먹을 것도 좀……, 네가 원한다면 말이야."

먹을 것, 그 말에 꼬마 용의 감각이 되살아났습니다. 그
제서야 흥분과 긴장 때문에 얼마나 오랫동안 아무것도 먹
지 못했는지를 깨달았습니다. 갑자기 배에서 꾸르륵 소리
가 났습니다. 그 소리가 얼마나 컸던지 쑥스러워진 꼬마
용은 정말이지 오랜만에 천진하게 웃었습니다.

"그럼, 어서 가자!"

그는 손전등을 비추며 앞장섰고 꼬마 용은 무거운 몸을
끌어 뒤따라갔습니다. 정말 멀지는 않았습니다. 두 개,
혹은 세 개의 등성이를 돌아가니(셈을 하기에는 너무 지
쳤습니다) 밤 하늘 한가운데에 작은 오두막 한 채가 나타
났습니다.

남자는 문을 열고 손전등을 탁자 위에 올려놓더니 희미
한 불씨가 가물거리는 벽난로 곁으로 갔습니다. 불씨를
헤집고 장작 몇대를 올려놓자 금세 집안에 훈훈한 온기가
돌았습니다.

딱딱거리며 타오르는 장작 불빛 속에서 둘은 처음으로
서로를 제대로 훑어보았습니다. 굵은 목소리의 주인공은
청바지에 해진 가죽 점퍼를 입은 체구가 작은 남자였습니
다. 보기 좋게 그을린 구릿빛 얼굴에, 잔잔한 웃음이 만
들어낸 주름, 그윽한 눈매, 신뢰감을 주는 손…….

딱히 이유는 알 수 없지만 꼬마 용은 금세 남자를 좋아

하게 되었습니다. 처음부터 그의 목소리를 좋아했듯이…….

"저런!"

남자가 깜짝 놀라 말했습니다.

"상처를 입었구나. 어디 좀 보자꾸나!"

그는 상처를 꼼꼼히 들여다보더니 말했습니다.

"잠깐만 기다려, 방법이 있을 거야."

잠시 뒤 남자는 작은 물약 한 병과 향긋한 연고를 가지고 왔습니다. 물약으로 조심스럽게 상처를 닦아낸 다음 연고를 바르고 붕대를 감았습니다.

"자, 조금 있으면 깨끗이 나을 거야."

연고 때문인지 후끈거리던 상처 부위가 시원해졌고 부드러운 남자의 손놀림이 기분 좋았습니다. 고통스럽던 아픔이 싹 가시는 듯했습니다.

"먹을 걸 좀 만들어야겠다. 실은 나도 배가 고프거든."

남자가 말했습니다.

그는 익숙한 손놀림으로 상을 차리고 빵과 구운 고기, 설탕에 절인 딸기를 가져오고 포도주도 한 병 올려놓았습니다.

한편 남자는 자신이 초대한 이상한 손님에게 묻고 싶은 무수히 많은 질문들을 내일로 미루기로 했습니다. 오늘 저녁에는 그다지 이성적인 대답을 듣지 못할 게 뻔하기 때문입니다.

꼬마 용은 가까스로 몸을 일으켜 식탁 앞에 앉았지만 금방이라도 그 위에 고꾸라져 잠들 것만 같았습니다. 건배를 위해 포도주 잔을 쳐들 힘조차 없었으니까요. 남자의 날랜 동작이 아니었더라면, 하마터면 포도주 잔을 땅에 떨어뜨릴 뻔했습니다. 급기야 꼬마 용은, 고른 숨소리를 내면서 잠든 모습을 남자에게 들키고 말았습니다. 남자는 꼬마 용의 어깨를 톡톡 두드리고 흔들어보았습니다. 꼬마 용이 꿈쩍도 않자 이렇게 속삭였습니다.

"저쪽으로 가자. 잠자리가 있는 곳으로!"

용은 비몽사몽간에 남자에게 물었습니다.

"당신은 대체 누군가요?"

굵은 목소리가 허허하고 웃더니 말했습니다.

"내 이름은 모야, 마법사란다."

그러나 꼬마 용은 향긋한 풀내음이 피어오르는 건초더미 위에서 이미 깊은 잠에 빠져들었고, 남자의 말은 그저 꿈처럼 아득하게 귓전을 비껴갔습니다.

숲속의 작은 오두막은 한없이 고즈넉했습니다. 첫 새가 어둠 속에 노래를 뿌려 아침이 가까워짐을 알릴 때까지……

조금 있으니 동쪽 하늘에서부터 희미한 첫 새벽의 여명이 퍼져오면서 수천 마리의 새들이 내는 경이로운 소리가 대지를 흔들었습니다. 솜털처럼 가벼운 아침 안개가 잔디를 덮고, 이슬방울이 햇살 속에서 투명하게 빛났습니다.

오두막 속의 꼬마 용은 늘어지게 하품을 하면서 눈을 비볐습니다.

아차, 꼬마 용은 번쩍 정신이 들었습니다. 눈이 휘둥그레졌습니다. 지난밤의 일이 순식간에 뇌리를 스친 것은 바로 그때였습니다. 호기심어린 눈으로 꼬마 용 곁을 서성거릴 굵은 목소리의 주인공이 떠올랐습니다.

"내 이름은 모야, 마법사란다!"

흠, 그녀는 머리를 몇번 긁적거리다가 자신이 와 있는 곳이 대체 어디인지 확인하기로 마음먹었습니다.

실컷 잠을 잔 탓인지 몸은 개운했고, 상처도 더 이상 아프지 않았습니다. 새날을 맞을 기운이 솟구쳤습니다.

꼬마 용은 올바른 순서를 밟아 자리에서 일어나(유럽에서는 잠자리에서 일어나 첫 발을 디딜 때 왼발이 먼저 땅에 닿으면 나쁜 징조라고 생각한다) 귀를 쫑긋 세우고 오두막의 구석구석을 살폈습니다.

오두막은 마음에 들었습니다. 여러 개의 작은 창을 통해 넓은 실내에까지 햇살이 쏟아져 들어왔습니다. 창에는 아름다운 커튼이 드리워져 있고, 바닥에는 성글게 짠 양탄자가 깔려 있었습니다. 조리대 위에는 냄비들이 반짝반짝 빛났고, 한쪽 벽 선반 위에는 알록달록한 머그컵들이 가지런히 올라앉아 있었습니다. 모든 게 더없이 아늑해 보였습니다.

'그런데 어제 그 남자는 어디에 있을까?'

조심스레 방안을 훑던 꼬마 용의 눈길이 한 귀퉁이에서 멈추었습니다. 거기에 남자가 잠들어 있었던 것입니다. 가지런히 갠 가죽 점퍼와 청바지가 의자 위에 놓여 있었고요.

마법사, 그리고 _{가죽}

점퍼와 청바지……. 평소 꼬마 용이 그려왔던 마법사란 이런 모습과는 좀 달랐습니다.

그녀는 남자가 자고 있는 침대 곁에 오도카니 서서 그를 내려다보았습니다.

아, 그는 선량해 보였습니다. 약간 흐트러진 짙은 갈색 머리칼, 특히 관자놀이께로 늘어진 가는 곱슬머리는 귀염성까지 띠고 있었으며, 표정은 온화했습니다. 그는 잠을 자면서도 엷은 미소를 짓고 있었으니까요.

그때 남자가 갈색빛이 도는 파란 두 눈을 살포시 뜨고 그녀를 올려다보면서 그녀의 생각을 읽었다는 듯 말했습니다.

"너도 몰랐지? 마법사의 모습은 사람들이 상상하는 것과 다르단다. 그래서 사람들은 마법사를 쉽사리 알아보지 못하는 거야. 우리 직업상 청바지와 운동화는 별이 수놓인 갈다란 망토보다 실용적이지."

남자는 꼬마 용에게 환한 웃음을 보여주었습니다. 그의 목소리는 꼬마 용이 기억한 대로 듣기 좋은 저음이었습니다. 꼬마 용은, 목소리를 듣고 싶게 만드는 마법에 걸린

게 아닐까, 의심이 들 정도였습니다.

"너도 잘 잔 것 같구나. 그럼 아침을 제대로 먹는 것이 어떨까?"

물론 꼬마 용은 식사를 매우 중요하게 생각했습니다. 좋은 예감이 들었고 그와 동시에 꼬마 용의 두 귀가 약간 치켜 올라갔습니다.

금세 작은 오두막은 향그러운 커피향과 베이컨을 넣은 오믈렛의 고소한 냄새로 가득 찼습니다. 꼬마 용은 콧구멍을 연신 벌름거렸습니다.

둘은 먹을 것을 들고 오두막 밖으로 나왔습니다. 태양이 초원에 웃음을 드리웠고, 완만한 지붕 능선에 올라앉은 지빠귀가 노래를 불렀습니다.

"푸르르르!"

모처럼 꼬마 용은 마음놓고 하품까지 했습니다.

그런 꼬마 용을 바라보던 모야는 이쯤이면 손님의 얘기를 들어도 좋겠다고 생각했습니다.

"자, 나한테 네 얘기를 좀 들려줄 수 있겠니?"

모야는 꼬마 용의 커다란 머그컵에 다시 한번 커피를 가득 따라주면서 말했습니다.

꼬마 용이 커피를 한 모금 마시고는 이야기를 시작했습니다.

자신의 옛 동굴과 초원에 대해서, 그녀가 해야 했던 용으로서의 일상적인 의무에 대해서, 번민과 갈등과 고독에 대해서, 그리고 동물들과 그 고양이에 대한 그리움에 대해서……

마침내 꼬마 용이 꿈꾸었던 것들을 찾아 길을 떠나기로 결심한 이야기를 할 때는 모야가 의자를 바싹 앞으로 당겨 앉으며 사뭇 진지해졌습니다.

꼬마 용은 앞일에 대해서도 마음속에 품고 있던 모든 것을 털어놓았습니다. 불안과, 제대로 이해 받지 못할 때의 좌절과, 굴욕감에 대해서도 말했습니다.

이렇듯 이야기를 늘어놓다 보니 꼬마 용의 머릿속에서 지금까지 겪었던 일들이 눈앞에 선명하게 되살아났습니다. 이론에 박식한 새와 생쥐들, 알 수 없는 이유로 분주하던 정체불명의 무엇과, 마지막으로 초원에서 만난 동물들……, 그리고 자기를 들이받았던 수사슴도.

꼬마 용은 남의 이야기인 듯 홀가분해지는 느낌이 좋았습니다. 또 남의 이야기를 경청할 줄 아는 모야에게 이야기할 때의 기분도 좋았습니다. 모야는 상대방으로 하여금 이야기를 이끌어내고, 상대의 가슴속에서 와글거리는 혼돈을 아주 잘 이해하는 것 같았습니다.

꼬마 용이 말을 마치자 모야는 한동안 아무 말 없이 그저 따뜻한 눈길로 그녀를 바라보았습니다. 그러고는 나즈막한 소리로 이렇게 말했습니다.

"그런데 왜 어제 저녁엔 네가 용이고 싶은지 잘 모르겠다고 했니?"

"그건……."

꼬마 용은 몇번 콧숨을 쿵쿵거려 부주의하게도 연기까지 뿜어내며 말했습니다.

"다른 용들과 똑같이 되고 싶지 않기 때문이에요. 무섭고 추한 모습이 싫고, 다른 동물에게 겁을 주는 것도 원치 않아요. 동굴 속에 혼자 살고 싶지도 않고요. 다른 동물들과 함께 노래하고 춤추고 장난치고, 또 슬픔을 나누고 싶어요. 나는 더 이상 용으로 살고 싶지 않은 거예요."

그리고 아주 작은 소리로 덧붙였습니다.

"왜냐하면 용은 사랑받을 수 없으니까요."

"흠!"

모야는 잠시 생각에 잠겨 있다가 말을 이었습니다.

"너는 참 용감하구나. 물론 네가 용이라는 사실은 어쩔 수 없을 거야. 하지만 그 이야기는 나중에 차차 하기로 하자. 어쨌든 나는 네가 꿈을 찾기 위해 길을 떠날 용기를 가진 걸 아주 대단하다고 생각해. 그건 굉장히 어려운 일이거든. 어허, 그렇게 슬픈 얼굴 하지 말고……. 네게 아주 솔직하게 말하고 싶구나. 네가 결심하고 계획한 일은 어렵지만, 비할 데 없이 소중하고 또 어떻게 보면 아주 쉽고 간단할 수도 있단다. 그건 네가 영원히 행복하리라는 걸 의미하지 않아. 삶은 우리에게 실로 커다란 고통과 눈물을 가져다주기도 하지. 상상하지 못한 위험에 빠질 수도 있어. 그 때문에 상처받을 수 있고. 길을 걷다보면 이 모든 것들과 맞닥뜨리게 되고, 실제로 너도 그걸 경험하지 않았니. 하지만……, 삶은 우리에게 무엇이 자유인지, 독립인지, 행복인지, 평화인지 예감하는 과정도 의미한단다. 이 모든 것은 다른 이들이 감히 짐작도 할 수 없는 충일과 충만감을 갖게 해주지."

꼬마 용은 열심히 귀를 기울였습니다. 그러고는 물었습니다.

"그렇다면……, 어딜 가면 내가 찾고 있는 걸 찾을 수 있나요?"

"그 어디든."

모야가 빙긋이 웃으면서 말했습니다.

곰곰이 생각할 때면 으레 그렇듯 용의 이마에 깊은 주름이 앙증맞게 패였습니다.

"어디든? 이해가 안 가요."

"알고 있니? 네가 찾고 있는 건 어떤 장소나 시간과는 무관하다는 걸 말이야. 그건 늘 주위에 널려 있단다. 언제나 현재에 있다는 뜻이지."

꼬마 용은 더욱 알 수 없다는 눈빛이 되었습니다. 모야는 다시 설명했습니다.

"세상에는, 자신이 행복을 찾았노라고 사방에 떠벌리고 다니면서도 만족하지 못하는 사람이 있단다. 또 그와는 반대로 언젠가 굉장한 일이 벌어질 거라고 생각하면서 그걸 고대하는 사람도 있지. 그들은 그렇게 기다리고 또 기다리다가 어느날 문득 자기가 죽었다는 사실에 깜짝 놀라."

꼬마 용은 빙그레 웃었습니다.

"그래! 너는 웃었어."

모야가 진지하게 말했습니다.

"겉으로는 행복해 보이는 많은 용들은 이미 죽은 거나 다름없다는 생각이 드는구나. 그들은 한번도 무언가를 해 보거나 모험을 감행하지 않은 채 그저 하루하루를 채워나갈 뿐이지. 이미 정해진 대답에 만족하는 거야. 그렇기 때문에 그들은 표면적인 것에 머물 수밖에 없는 거란다. 하지만 참으로 값진 보석은 아주 깊은 심연에 숨어 있어. 그 보석은 바로 너처럼 표면에 머무르는 것에 만족하지 못하고 밑바닥까지 내려가서, 더 멀리 보고, 더 높이 날

기를 원하거나, 혹은 너처럼 길을 떠나는―비록 그가 무
엇을 찾는지조차 정확히 말할 수 없을지언정―모험가나
몽상가들의 몫이란다. 또 언제나 길 위에 있으면서 모든
새로운 것들에 대해 열린 마음을 가진 자들의 몫이기도
하지. 악기 소리가 나지 않아도 멜로디를 듣고, 장미 한
송이 때문에 울기도 하며 행복해 하기도 하면서, 자신이
지닌 색깔로 세상에 마술을 걸고……. 그러면서 그들은
자신의 꿈을 찾아가는 거야. 그리고 이 모든 것은 노력만
으로 얻을 수 있는 게 아니란다. 자신을 활짝 열어젖혀야
만 가능한 거지. 언제 어디서나……."

모야의 말 한마디 한마디가 꼬마 용의 가슴속에 깊이
와닿았습니다. 또한 모야는 삶에 대해 아주 많은 걸 이해
하고 있지만, 그 역시 불행했던 때가 가끔씩 있었음을 느
끼게 해주었습니다.

꼬마 용의 생각을 확인시켜 주듯 모야가 말했습니다.

"삶……, 그건 마치 불과 같은 거란다. 불 때문에 네 앞
발을 데일 수도 있지만, 만약에 네가 그 불을 가슴속에
품는다면 너는 행복해질 수 있을 거야. 설령 슬픔의 한가
운데 있다 할지라도……."

꼬마 용은 머리를 긁적이며, 오랫동안 망설이던 질문을
던지기로 마음먹고 용기를 냈습니다.

"그렇게 하려면 어떻게 살아야 하는데요?"

모야는 사랑이 가득한 눈길로 용을 바라보았습니다.

"너는 벌써 그렇게 살고 있단다."

"뭐라고요?"

꼬마 용은 자기 귀를 의심했습니다.

"그래."

모야가 거듭 말했습니다

"말했잖니? 너는 벌써……."

"무슨 말인지……???"

"너는 그리움과 꿈에게 네 가슴속 한켠을 내주는 용기를 가졌고, 고독을 기꺼이 느꼈고, 두려움을 솔직하게 인정했잖아. 또 다른 이들을 신뢰하고 그들을 경이롭게 바라볼 줄 알고, 눈앞에 보이는 안정을 포기했지. 네 상처를 기꺼이 끌어안았고, 깊은 울음을 울지 않았니. 너는 더 깊이 침잠할 줄 알고, 또 더 높이 날기를 원하잖아. 산다는 건 바로 그런 거야. 비록 아직은 목적지에 가까이 다가지지 못했지만 말이다. 그러나 다다른 것보다 그 과정이 더 중요할 수도 있지……."

꼬마 용은 뭐가 뭔지 정리되지 않았습니다. 꿈을 찾아 나선 그녀의 길이 모야로 인해 달라지는 느낌이었고, 그 느낌은 신선한 충격이었습니다.

모야는 꼬마 용의 머

릿속에서 무슨 일이 벌어지고 있는지 눈치챘지만, 지금
더 말하는 것은 혼란만 더할 뿐 아무런 도움도 되지 않으
리라는 것을 압니다.

그는 자리에서 일어나 오두막으로 들어갔습니다. 잠시
뒤 바구니와 칼 한 자루를 들고 나와서 꼬마 용의 앞발에
들려주면서 말했습니다.

"이만하면 오늘 오전에 할 얘기로는 충분한 것 같구나. 점심에 먹을 버섯 좀 따오지 않으런?"

꼬마 용은 고개를 끄덕였지만 조금 전에 들은 이야기 때문에 여전히 혼란스러웠고, 그래서 꼼짝할 수조차 없었습니다.

모야는 빙그레 웃음지으며 접시들을 오두막 안으로 날랐습니다. 지금은 꼬마 용을 혼자 내버려두는 게 최선이라고 생각했기 때문이지요. 가장 빠른 수습은 스스로 고민하면서 이루어지는 것이니까요.

꼬마 용은 뭐가 뭔지 여전히 혼란스럽고 어지러웠습니다. 그러나 이것은 기분 좋은 현기증 같았습니다.

마침내 꼬마 용은 버섯을 따러 걸음을 재촉했습니다.

숲속의 고요는 꼬마 용의 마음을 한결 진정시켜 주었습니다. 버섯 하나도 놓치지 않으려고 땅에서 눈을 떼지 않은 채 구석구석 돌아다녔습니다. 그러면서 머릿속에서는 생각의 줄기들이 뻗쳐나갔습니다.

나는 내 꿈이 보여준 비전을 꼭 찾아내지 않으면 안 되는 것이, 목적이라고 믿었는데……. 그런데 모야는, 내가 찾는 꿈은 언제나 내 주위에 널려 있는 현재라고 했어. 그 말은 꿈을 포기하라는 뜻인가? 그러면 고양이는? 그 고양이는 영영 찾을 수 없는 것일까?

내가 모험을 떠난 목적을 벌써 이룬 거나 마찬가지라면, 여기서 모야와 함께 살아도 좋지 않을까. 그러면 그도 좋을 테고……. 그에게 손을 내밀어보는 건 어떨까? 혹시라도 나중에 내가 좀더 많은 것을 배운다면 모야가 하는 마법을 거들 수도 있지 않을까?

꼬마 용은 눈앞에 그 광경을 떠올리는 것만으로도 황홀하고 설레었습니다.

모야 곁에 머무는 거야. 그의 곁에서 고향을 느끼고 안정을 찾으면서 사는 거야…….

꼬마 용은 버섯으로 가득한 바구니를 들고 서둘러 오두막으로 돌아왔습니다. 무슨 일이 있어도 지금 가슴에 솟구치는 설렘을 모야에게 들려주어야 합니다. 모야는 뭐라고 할까? 꼬마 용은 거기에까지 자신 있는 것은 아니었습니다…….

모야는 부엌에서 샐

러드 거리를 씻고 있었습니다. 꼬마 용이 벌컥 문을 열어 젖히자 그는 부드러운 눈빛으로 그녀를 맞았습니다.

"버섯은 좀 찾았니?"

꼬마 용은 대답 대신 탁자 위에 바구니를 살짝 올려놓았습니다.

"제법인걸!"

모야는 즐거워했습니다.

"근사한 점심식사가 되겠구나!"

"모야!"

꼬마 용이 약간 머뭇거리면서 입을 열었습니다.

"응?"

"저 있잖아요……, 그런데……, 나 그냥 여기서 모야랑 함께 살면 안 될까요? 조금 전에 그런 생각을 해봤어요……. 내 말은 그저…… 당신을 도와 버섯을 따고 오두막도 치우고, 또……."

고개를 푹 숙인 꼬마 용은 말끝을 흐렸습니다. 모야를 쳐다볼 자신이 없었습니다. 꼬마 용의 말을 진지하게 듣던 모야가 샐러드 볼을 한쪽으로 치우고 그녀 곁으로 다가왔습니다. 그리고 조심스럽게 말했습니다.

"네가 여기 머무는 게 좋을 거라고? 정말로 그렇게 생각하니? 자, 잘 들어봐. 나는 좀 다른 마법사란다. 그러니까 '생명의 마법사'. 난 네 삶에 활기와 생명이 솟아나도록 도와주지. 대부분의 사람들은 내가 자신의 인생에 마법을 걸어주지나 않을까, 기대를 갖기도 하는데, 그건 불가능해. 살아 생동하는 것, 그건 각자가 하지 않으면 안 되는 것이거든. 나 역시 어느 누구에게도 그것을 빼앗을 수 없고, 그건 너에게도 마찬가지야. 간혹 그들 속에서 잠자는 다른 삶에 대한 갈망을 일깨우거나, 너처럼 그걸 찾아 길을 떠나는 사람들에게 힘을 불어넣어 줄 수는 있지만. 또 어쩌면 너의 여정에서 겪은 이런저런 경험에 대해 의미를 설명해 주고, 내 생각을 말해 줄 수는 있겠지. 하지만 길을 떠나는 건 온전히 네 몫이란다……."

꼬마 용은 꿀꺽 마른침을 삼켰습니다. 여기 남을 수 없다는 것을 깨달았습니다. 꼬마 용은 다시 정신을 가다듬었습니다.

"모야, 내 꿈은 어떻게 될까요? 고양이 말이에요. 그 고양이를 찾을 수 있을까요?"

"꿈꾼다는 건 아주 아주 중요하단다. 네 꿈은 네가 길을 떠나도록 힘을 주었어. 무슨 일이 있어도 너는 그걸 잊지 말기를 바래. 네 꿈 말이야. 네 꿈은 네 길을 가도록 힘이 되어 주었어. 너는 목표에 닿을 거라는 희망이 있기 때문에 가슴속에 그리움 하나만 달랑 남기고 과감하게 너를 버린 거야. 이 목적 때문에 네 길이 명료해졌고. 비록 네가 이 목표에 이를 수 있을까, 때때로 불안해지기도 하겠지만 말이야. 네가 여기 머물면 나도 좋아. 하지만 그건 네 목표가 아니잖니? 그 때문에 네 꿈을 포기해서는 안 되겠지……"

꼬마 용은 의미심장한 표정으로 고개를 끄덕였습니다.

'그래, 모야 말이 옳아. 여기 머문다는 건 내 꿈을 배반하는 거야.'

그러나 꼬마 용은 여전히 가만히 있지를 못했습니다.

"그런데, 모야! 바로 그 목표니 도달이니 하는 건 무슨 뜻이죠?"

모야는 꼬마 용을 찬찬히 뜯어보았습니다.

"그 목표에 이르는 길은 쉽지 않단다, 이미 아침에도 말했지만. 그건 현재 속에서 과거와 미래를 살아내는 기술이기도 하거든. 이쪽에 네 꿈이 있다고 치자. 미래를 약속해 주는 꿈. 그리고 저쪽에는 네 경험들, 그러니까 네가 받은 상처와 지금까지 배웠거나 혹은 배우지 못한 것들이 있다고 치자. 이 둘은 모두 너의 현재에 영향을 미치지. 그 중에는 네가 절대로 바꿀 수 없는 것들도 많이 있을 거야. 예컨대 네가 용이라는 사실처럼 말이야. 거기엔 네 안에서 그리고 네 주변에서 너의 꿈과 과거와, 너의 길을 결정하게 만드는 갖가지 것들도 포함되지. 그렇기 때문에 너는 용으로 사는 법을 배우지 않으면 안 될 거야."

꼬마 용은 다시 난감한 표정이 되었습니다. 때로는 모야의 생각을 좇아가기가 벅찬 일처럼 여겨졌기 때문입니다. 이것을 눈치챈 모야가 이렇게 되물었습니다.

"너는 진정으로 너를 좋아하니?"

모야는 다시 샐러드 거리로 몸을 돌렸습니다. 그러고는 어깨 너머로 꼬마 용을 흘끔 넘겨다보았습니다. 사랑이 가득 담긴 눈길로 말이지요. 모야가 덧붙였습니다.

"괜찮다면 이 버섯 좀 씻어줄래?"

점심식사는 훌륭했습니다. 모야는 훌륭한 마법사일 뿐 아니라, 그에 못지 않게 훌륭한 요리사임이 분명합니다. 꼬마 용은 게걸스럽게 음식을 먹어치웠고, 그 모습을 지켜보는 모야도 즐거웠습니다. 식사를 끝내고 둘은 오두막 앞에 앉아 모처럼 게으름을 피웠습니다. 모야는 파이프에 불을 붙이고 삶을 음미했고요.

꼬마 용은 아까 나누었던 이야기들로 여전히 머릿속이 시끄러웠습니다. 나를 좋아하냐고? 거기에 대해서는 아직 한번도 생각해 보지 않았습니다. 용으로 사는 법을 배워야 한다는 말은 또 무슨 뜻일까? 결국 꼬마 용은 입을 열지 않고는 배기지 못했습니다.

"있잖아요, 모야! 아까 그게 무슨 말이에요?"

모야는 꼬마 용의 말을 금세 알아차렸습니다.

"그야 간단하지. 그 점에 있어서 달리 생각할 게 별로 없어. 네가 용이 아니라고 스스로를 기만하는 건 아무 도움도 되지 않아."

"그렇지만 난 절대로 다른 용들처럼 되고 싶지는 않은 걸요!"

"물론 꼭 그럴 필요는 없단다."

모야가 꼬마 용을 안심시켰습니다.

"다른 이들이 원하는 용이 되는 것과 네 스스로 원하는 용이 되는 것은 엄연한 차이가 있지. 하지만 네 가죽을 벗어 던지고 느닷없이 나비가 되거나 다람쥐가 될 수는 없어."

꼬마 용은 조용히 모야의 말에 귀를 기울였습니다.

"사람들은 용에 대해서 아주 뚜렷한 그림을 그려왔단다. 무서운 동물이라고. 그렇기 때문에 네가 만난 대부분의 짐승들도 너를 두려워한 거야. 물론 너만큼은 다르다고, 전혀 그렇지 않다고, 몇백 번이라도 설명할 수 있겠지만, 그들은 네 말을 믿지 않아. 그건 현실이고, 이 현실을 바로 보지 않으면 안 돼. 만약에 네가 마치 용이 아닌 듯이 행동한다면……,ㅡ 초원의 동물들과 사슴과 있었던 일을 생각해 보렴ㅡ 너는 번번이 성공하지 못할 거야. 너는 다른 누가 될 수 없어. 너 자신이 되어야 한다는 거지. 그래서 용으로 사는 법을 배우지 않으면 안 된다고 말한 거란다."

"하지만……, 용도 사랑받을 수 있을까요?"

"그럼!"

모야가 말했습니다.

"어느 누구도 네 운명을 정할 수 없어. 사랑받기를 원한다면 네가 사랑스러워지면 돼. 네가 원하는 그 순간에 사랑스러워지도록 노력하는 용기를 내야겠지. 그런데 말이다, 그럴 때 넌 다른 이들이 갖고 있는 용에 대한 생각과 네가 다르기 때문에 받을 수 있는 오해를 각오해야만 할 거야. 그런 경우 대부분은 미심쩍어 하거든. 그들은 너를 훨씬 더 멀리 할 수도 있어."

모야는 말을 이었습니다.

"모두에게 사랑받아야겠다는 생각은 버려. 모두가 너를 좋아해야 한다는 생각에서 자유로워져야 해."

"어째서죠?"

"어른 용에게 사랑받으면서, 동시에 네 꿈속의 고양이에게 똑같이 사랑받는 용을 상상할 수 있겠니?"

"아뇨."

꼬마 용은 확신에 차서 대답했습니다.

"그건 불가능해요!"

"그것 봐. 그들이 네게 원하는 건 너무도 달라. 너는 그 둘을 똑같이 충족시킬 수 없고, 또 그럴 필요도 없어. 언제나 누군가는 필연적으로 실망하게끔 돼 있어. 심지어는 양쪽 모두 실망하는 경우까지도."

"고양이도요?"

용은 금세 의기소침해졌습니다.

"그래. 가끔은 고양이도 네게 실망할 수 있겠지. 저기 해바라기가 보이니?"

해바라기는 이른 아침부터 꼬마 용의 눈에 확 들어왔더랬습니다.

"참 곱지 않니? 하지만 저들은 누구를 위해서 꽃 피지 않는단다. 너를 위해서도, 나를 위해서도. 해바라기는 그

저 해바라기이고 싶을 따름이며, 그들이 할 수 있는 한
최선을 다하는 것뿐이지. 만일 저들이 더 예쁘게 보이고
싶어서 장미나 민들레가 되기를 원했더라면 분명 뭔가가
어긋났을 거야. 해바라기는 태양 이외에는 아무도 쳐다보
지 않아. 그게 저 해바라기를 아름답고 강인하고 크게 만
들지."

꼬마 용은 해바라기에게서 눈길을 거두지 못했습니다.

모야의 말을 잘 이해한 걸까? 어느 누구에게도 기대지
않고, 다만 나 자신이 된다는 것은 무슨 뜻일까? 나는 대
체 누구일까?

"네가 누구냐고?"

꼬마 용은 또다시 생각을 들키고 말았습니다.

"이 물음에 대해 늘 똑같은, 영원히 변치 않는 하나의
대답을 갖는 건 좋지 않아. 삶은 변화하는 데에 의미가
있어. 성장하고 나아가는 것 말이야. 이 물음에 대한 네
대답이 하루하루 달라질 수도 있어. 때로는 도무지 답이
나오지 않을 때도 있겠지. 하지만 너를 누구라고 단정짓
지는 말아. 너를 찾아. 이따금 너라고 생각되는 너를 발
견할 때마다 기쁨과 환희는 점점 더 커질 거야. 그리고
자신에 대해 좀더 인내심을 갖도록 하렴. 만일 스스로를
좋아하지 않는다면 너를 잘 알지 못하는 다른 이가 너를

좋아할 수 있을까?"

모야는 여러 생각으로 지친 꼬마 용을 안쓰럽게 바라보았습니다.

"알고 있어. 내가 너를 매우 혼란스럽게 만든다는 것. 모든 걸 한꺼번에 이해하긴 어려울 거야. 그래도 상관없어. 네 상처가 아물기까지 시간이 필요하듯 네게 필요한 시간을 주려무나. 그리고……, 서두르지 마. 어느날 갑자기 네가 그만큼 가 있을지도 모르는 일이니까."

모야는 잠시 말을 끊었습니다. 그리고 더욱 낮고 진지해진 목소리로 말을 이었습니다.

"어느 순간, 그 멜로디가 들리는 때가 올 거야. 그러면 춤을 추렴. 네가 슬프거나 기쁠 때에도 춤을 출 수 있다면 좋은 일이겠지. 다른 이가 너를 위해 춤춰줄 때까지 기다리지도 마. 그땐 이미 멜로디가 끝나버렸을지도 몰라. 너 스스로 멜로디가 되면 어떨까, 그리고 춤을 춘다면……."

꼬마 용은 모야의 말을 다 이해할 수 없었습니다. 하지만 멜로디라는 것이 중요한 무엇임은 알 수 있을 것 같았습니다.

"자, 그럼!"

모야가 단호한 어조로 말했습니다.

"오늘 얘기로는 충분한 것 같구나. 너도 내 말을 잘 알아들은 것 같고. 그럼 천천히 걸어볼까? 걷다보면 생각이 정리될 수도 있으니까. 또 한 가지……."

얼핏 모야가 익살스레 웃었습니다.

"나는 산딸기가 아주 많이 열린 곳도 알고 있는걸!"

둘은 말없이 걸었습니다. 함께 있음을 느끼게 해주는 기분 좋은 침묵이 바로 이런 것일까요…….

다 저녁때가 되어 다

시 건초더미로 들 수 있다는 게 꼬마 용은 감사했습니다.
그녀에게 고되다면 고된 하루였음이 틀림없으니까요. 꼬
마 용은 이제 삶에 대해 조금은 안 듯한 느낌입니다. 모
야는 마법사가 아니겠습니까…….

물론 허다한 새로운 의문들이 우후죽순 고개를 쳐들었고, 어떤 것은 여전히 미궁에 남아 있기도 합니다. 하지만 열심히 생각하는 것만으로는 그녀에게 그닥 도움이 되지 않습니다. 이해한 것을 실행에 옮기고, 또 살아내야 하는 일이 남은 것이겠지요…….

그 다음은, 그러고 나서 차차 볼 일입니다.

마음이 무거웠습니다. 모야와의 이별 때문입니다.

그러나 꼬마 용은 자신이 여기 머물 수 없다는 걸 잘 압니다. 꿈을 찾아 떠나지 않으면 안 된다는 것도……. 아직 목표에 이르지 못했으니까요.

갑자기 몸 속에서 어떤 힘이 느껴집니다. 그래요, 이젠 다시 길을 떠날 수 있을 것 같습니다. 이렇게 결심하면서 꼬마 용은 슬펐고, 동시에 마음이 부풀어올랐습니다. 참으로 이상한 것이 또한 삶 아니던가요…….

아침을 먹으면서 꼬마

용은 모야에게 결심을 이야기했습니다. 모야는 조용히 듣더니 대답했습니다.

"내 생각에도 그게 좋을 것 같아. 인생을 살아봐. 넌 올바른 길을 가고 있는 거야."

둘은 말 없이 서로를 바라보다가 그만 픽 웃고 말았습니다.

"당신을 만나 정말 다행이에요, 모야."

꼬마 용이 말하자 모야가 되받았습니다.

"쓸데없는 소리! 네가 포기하기 전까지는 나 때문에 부담스러울걸."

꼬마 용이 일어섰습니다.

"이제 가야겠어요……."

"잠깐만."

모야가 말했습니다.

"너한테 주고 싶은 게 있어."

꼬마 용은 잔뜩 기대를 하고 모야를 바라보았지만 그의 두 손은 비어 있었고, 무언가를 가져올 기미도 보이지 않았습니다.

"넌 내 친구가 되었어."

모야가 진지하게 말했습니다.

"친구, 그건 아주 아름답고 소중한 거란다. 그건 네가 이제 그냥 용이 아니라, 나의 많은 부분을 네게 묶어두었음을 의미해. 절대로 너를 잊지 않겠어. 그래서 너에게 이름 하나를 지어주고 싶은데……. 너라는 존재는 세상에 단 하나밖에 없다는 걸 잊지 않길 바라는 마음이기도 해. 세상에 용은 많지만 너는 단 하나뿐이거든."

모야는 빙그레 웃으며 말을 이었습니다.

"이 이름이 네 마음에 들었으면 좋겠구나."

꼬마 용의 두 귀가 놀란 나머지 실룩거렸습니다(이럴 줄은 꼬마 용 자신도 미처 몰랐답니다). 한껏 긴장한 채 모야의 다음 말을 기다렸습니다.

"'나를 사랑해줘'라고 이름 붙이고 싶어."

모야는 더욱 진지하게 말했습니다.

"현재 속에서 과거와 미래를 함께 경험하게 될 때, 이 이름을 기억해줘. 이 이름엔 몇 가지 뜻이 담겨 있단다. 삶이 언제나 쉬운 것은 아니지만 노력해 보렴."

모야는 한동안 침묵했습니다. 그러다 다시 말을 이었습니다.

"이별의 선물로 네게 주고 싶구나. 이전에 너는 다른 이들에게 '나를 사랑해줘'라고 말하고 싶지 않았니? 그리고 네가 어디에서 왔는지 잊지 마. 그건 대단히 중요해. 네 꿈이 충족될 즈음 미래에 대해서 말하겠지. 어쩌면 네가 만나고, 너에게 '사랑한다'고 말할지도 모르는 고양이에 대해서, 사랑과 이해와 만족에 대한 네 꿈에 대해서. 그리고 무엇보다도…… '나를 사랑해줘'를 앞으로 네 길을 가는 동안 좌우명으로 삼아 보렴. 네가 원하는 대로 되도록 해. 결코 다른 이들이 원하는 대로 너를 만들어 가지는 마. 네 스스로를 좋아할 때, 다른 이들도 너를 좋아하게 될 거야."

꼬마 용은 무어라 설명할 수 없는, 야릇한 기분이 되었습니다. 그래서 잠시 망설이다가 용으로 태어나 아직껏

한번도 해보지 않은 행동을 했습니다. 두 앞발로 모야를 꼬옥 끌어안았습니다.

"그만!"

모야가 헉헉댔습니다.

"질식하겠어!"

모야는 이런 것에 익숙지 않았으니까요. 꽤 복잡한 과정을 거쳐 떨어진 둘은 다시금 서로를 빤히 쳐다보다가 그만 큰소리로 웃고 말았습니다. 그리고 그대로 좋았습니다……

'나를 사랑해줘.'

낮은 한숨을 내쉬고는 꼬마 용이 조그만 소리로 말했습니다.

"잘 있어요, 모야. 그리고…… 고마워요."

모야는 다정한 눈빛으로 대답했습니다.

"그래, 친구!"

'나를 사랑해줘'는 단호하게 돌아서 숲을 향해 천천히 걸어갔습니다. 얼마쯤 가다가 뒤돌아 모야를 향해 손을 흔들었습니다. 모야도 여전히 오두막 앞에 서서 손을 흔들고 있었습니다. 꼬마 용은 숲속으로 걸어 들어갔습니다. 향기로운 숲속 공기를 흠뻑 들이마셨습니다. 어쩐지……, 다시 길을 걷는 기분이 좋았습니다. 마음속의 슬픔도, 꼬마 용이 앞으로 만나게 될 호기심과 흥미로움에게 서서히 자리를 내주었습니다.

꼬마 용은 감사했습니다, 모야와 같은 마법사가 있다는 게. 그는 헤어지면서 용에게 '친구'라고 말했습니다. '나를 사랑해줘'는 자부심을 느꼈습니다. 모야가 이 단어를 쉽게 사용하지 않는다는 걸 알기 때문입니다.

점심때가 가까워지자 꼬마 용은 피곤하고 배가 고팠습니다. 쉴 시간인 거야. 꼬마 용은 경치가 아름다운 곳을 찾았습니다. 숲속 아름드리 나무 아래 다리를 쭉 뻗고 앉았습니다. 모야가 싸준 빵과 치즈를 꺼내 몇 입 베어먹었습니다. 그리고 두 앞발로 머리를 괴고 벌렁 드러누웠습니다. 드넓은 하늘을 바라보는 것이 이토록 경이로운 일이었던가요? 자신도 모르게 눈이 스르르 감겼습니다.

뉘엇뉘엇 해가 질 무렵 꼬마 용은 어렴풋이 잠에서 깨어났습니다. 그런데 무슨 소리가 들려왔습니다. 꼬마 용은 두 귀를 쫑긋 세웠습니다. 그래요, 그 멜로디입니다. 감미롭고 아름다운 멜로디가 바람을 타고 떠다닙니다. 조금 애잔하지만 삶의 기쁨으로 충만한…….

모야가 뭐라고 했지?

"그 멜로디를 듣게 되면 춤을 춰……. 슬프거나 행복할 때에도 춤을 춰. 멜로디에 온전히 너를 맡겨. 너와 함께 춤춰줄 사람이 나타날 때까지 기다리지도 마. 그때는 이미 음악이 끝나버렸을 테니까. 아무도 너와 함께 춤춰주지 않아. 완전히 혼자일 때에도 춤을 추렴. 다른 이들이 뭐라고 말하고, 어떻게 생각할까 걱정하지 마. 그들은 너를 이해하지 못하고, 심지어는 비웃을 수도 있어. 왜냐하면 그들은 멜로디를 들을 수가 없으니까. 그렇지만 너는 스스로 멜로디가 되렴."

꼬마 용은 춤을 추었습니다. 가볍고 부드럽게 이리저리 몸을 움직였습니다. 마치 공기를 어루만지듯…….
마음속의 멜로디에 맞추어 꼬마 용은 무거운 두 발을 사뿐히 디뎠습니다. 혹시 멜로디가 놀라 달아날까봐 조심스러웠습니다. 하지만 꼬마 용 스스로 멜로디가 되면 될수록 그녀의 움직임은 더욱 활기차졌습니다. 그러다가 다시 부드러운 스텝으로 감미롭게 돌고 박자에 맞추어 발을 몇번 구르기도 했습니다.

아, 행복해! 꼬마 용은 생각했습니다. 남김없이 행복해……. 그리고 이따금씩 혼잣말도 했습니다.

"그래, 바로 이거야."

멜로디와 하나가 된다는 게 바로 이런 거로구나, 생각한 것입니다. 그것은 꼬마 용의 가슴 깊숙한 곳에서 언제나 갈망하던 것이기도 했습니다.

이윽고 마법에서 풀려나는 듯 차츰 멜로디가 잦아들었습니다.

꼬마 용은 숲 한가운데에 서 있었습니다. 마치 삶을 부둥켜안으려는 듯 두 앞발을 활짝 벌린 채로 말입니다. 그리고 가슴 깊이 행복했습니다.

순간 꼬마 용은 그리움의 극점에 도달했음을 느꼈습니다. 동시에 이것은 '도달했음'이 아니라 또 하나의 새로운 '출발'이라는 것도.

'그래도 좋아.'

꼬마 용은 생각합니다. 아무것도 붙잡아두지 않으렵니다. 소유한다는 것은 별 의미가 없으니까요. 그보다는 가슴속에서 작열하는 그리움과 동경과, 갑자기 들려오는 아름다운 멜로디를 소중히 간직할 것입니다.

꼬마 용은 조용히 뒤돌아 서서 누워 있던 나무 밑으로 돌아갔습니다.

그때였습니다. 그녀는 주춤 그 자리에 멈춰섰습니다. 저기 누군가 앉아 있는 것입니다. 그랬습니다. 저기 희고 까만 색깔의 조그만 누군가 앉아서 그녀를 바라보고 있었습니다. 꼬마 용은 조심스럽게 다가갔습니다. 숨을 멈춘 채로……. 그것은 꿈에서 보았던, 때가 되면 만나게 될 거라고 모야가 말했던 작은 고양이였습니다.

한 발짝 한 발짝, 꼬마 용은 조심스럽게 걸음을 옮겼습

니다. 두려웠습니다. 고양이가 벌떡 일어나 줄행랑을 칠
지도 모르는 일입니다. 그런데……, 고양이는 계속 그 자
리에 앉아 호기심 가득한 눈빛으로 꼬마 용을 바라보고
있습니다.

"안녕!"

고양이가 먼저 말했습니다. 꼬마 용은 들뜬 목소리로
대답했습니다.

"안녕!"

"춤을 아주 잘 추는걸."

고양이가 말했습니다.

"응?"

꼬마 용은 얼굴을 붉혔습니다.

"다 봤니?"

"응. 널 지켜보는 게 즐거웠어. 그렇게 계속 서 있을 거
야?"

여전히 꼬마 용은 당황스러워 머리를 긁적이다가 이윽
고 고양이 옆에 앉았습니다. 그리고 두서없는 질문을 던
졌습니다.

"내가 무섭지 않아?"

"아니, 전혀."

고양이가 말했습니다.

"왜 그런 우스운 질문을 하지?"

"여태까지 다른 동물들은 모두 나를 무서워했는걸. 나
는 용이거든……."

"그럴 수도 있겠지."

고양이가 살며시 웃음을 띠며 덧붙였습니다.

"용도 그저 동물일 뿐인데……. 그들은 네가 춤추는 걸
보지 못했기 때문이 아닐까?"

꼬마 용은 깜짝 놀랐습니다.

이 고양이가 어떻게 그걸 알았담?

"잘은 모르겠지만, 그건 그릇된 선입견이기 십상이지.
안 그래?"

꼬마 용은 고양이를 물끄러미 응시했습니다. 고양이를
바라보면 볼수록 마음이 따뜻해졌습니다. 때론 뭉클해지
기도 했습니다. 그럴수록 고양이에게 더 가까이 다가가고
싶고, 목소리도 듣고 싶고, 계속해서 보고 또 보고 싶었
습니다. 꼬마 용은 머뭇거리면서 고양이를 향해 앞발을
뻗었습니다. 그러다 움찔 발을 거두어들이고 말았지만요.
정말이지 자신이 없었습니다. 용기를 내어 보드라운 털을
한번 쓰다듬을 수 있다면 얼마나 좋을까? 고양이는 꼬마
용의 마음을 눈치챘지만 그녀를 세심하게 배려해 주었습
니다.

“내 생각에는……, 네 행동이 틀리지 않아. 앞으로 무슨 계획이 있니?”

“무슨 계획이 있냐고?”

“나는 꿈을 찾아 떠나왔어.”

“흠.”

고양이가 의미심장하게 한숨을 내쉬었습니다.

“참 신기하구나. 실은 나도 너와 같거든. 우리 이러는 게 어떨까? 함께 가지 않을래?”

꼬마 용은 이렇듯 직선적이고 유혹적인 제안에 한순간 들떴습니다. 하지만 그녀는 곧 머뭇거렸습니다.

“네가 그렇다면…….”

“네 마음은 어때?”

고양이가 꼬마 용에게 다시 묻고는 덧붙였습니다.

“너에게 어떤 약속도 해줄 수 없고, 하고 싶지도 않아. 하지만 서로에게 동반자가 되어 함께 노력해 볼 수는 있지 않을까?”

꼬마 용은 갑작스레 닥쳐 온 그 모든 것들 앞에서 놀랍고, 기쁘고, 당혹스러울 뿐이었습니다. 흥분된 마음을 가라앉히려고 낮은 숨을 내뱉었습니다. 그리고 숨을 돌리려고 애썼습니다. 그건 어느 경우에도 결코 해롭지 않은 법이니까요.

"아참, 내 이름은 '나를 사랑해줘'야."

꼬마 용이 자기를 소개했습니다.

"난 벌써 그렇게 됐는걸."

고양이가 능청스레 웃으며 대답했습니다.

"난 트라움(Traum은 독일어로 꿈이라는 뜻)."

이제 우리의 못생기고 커다란 꼬마 용은 아주 다른 용이 되었습니다. 자신의 앞에 놓인 길을 예견할 수 있게

된 것이지요. 아마 그 길은 때로 고되고 또 때로는 흥미
진진할 것입니다.

"그래."

꼬마 용은 고양이를 똑바로 쳐다보면서 고개를 끄덕였
습니다.

"너와 함께 가고 싶어……."

고양이 역시 고개를 끄덕이더니 배낭을 집어들어 어깨
에 둘러메었습니다.

"그럼, 더 이상 지체할 필요 없지?"

둘은 지는 태양을 따라 석양 속으로 길을 떠났습니다.

가슴속으로 파고드는 알싸한 부대낌

번역이 끝나갈 무렵, 80년대에 전 세계적으로 큰 인기를 끌었던 영국 출신의 듀오 유리스믹스의 〈Walking On Breaken Glass〉를 우연히 듣게 되었습니다. 그들의 순회 콘서트 「Peace Tour」를 녹화한 것이니까 꽤 오래 전의 것입니다. 벌써 10년도 훨씬 전, 밀리터리 룩을 한 애니 레녹스의 보이시한 중성미와 카리스마는 지금 보아도 여전히 매력적이었습니다.

살다보면 정말이지 '깨진 유리조각 위를 걷는 것 같은' 때가 종종 있습니다.

이 책에서 꼬마 용은, 용으로서의 안정된 권위와 지위를 즐기는 기존의 어른들과는 다른 삶, 즉 진짜 용다운 멋진 삶을 늘 꿈꾸었습니다.

그러던 어느날, 마을의 리더인 어른 용과의 대화를 마

지막으로 먼 미지의 세계에 대한 그리움만 가슴에 꼬옥 안은 채 두려운 마음으로 길을 떠납니다. 그 여정에서 만나는 대부분의 것들은 꼬마 용으로서는 상상도 해보지 못한 무엇들이었습니다. 몸에 생긴 상처쯤은 어쩌면 대수롭지 않은 것이겠지요. 마음까지 갈기갈기 찢기는 일들이 사방에 널려 있었던 것입니다.

그걸 바라봐야 하는 제 마음은 내내 조마조마했습니다.

'저 산 너머 행복이 있다고 하여 산을 넘고 또 넘었지만……' 한다거나, 아예 '꿈이나 이상은 결코 잡히지 않는 무지개'라고 결말이 나버리면 어쩌나 하는 조바심 때문이었습니다.

물론 저는 옮긴이일 뿐 작품의 흐름에 끼여들 수는 없습니다. 이야기가 이끄는 대로 쫓아갈 수밖에요. 그러다 문득 끊임없이 반복되는 일상, 그 안에서 상처받고, 좌절하고, 그래도 다시 희망을 가져보고……, 그것들이 우리네 삶의 속성인 탓에 사뭇 가슴속으로 파고드는 알싸한 부대낌에 무섭도록 빨려드는 제 모습을 발견했습니다.

그리고 끝내 타이핑 하던 손끝에 힘을 잃고, 펼쳐진 책장 위에 엎드려 엉엉 울어버리고 말았습니다. 부끄럽지만 번역 경험 9년 만에 처음 있는 일입니다.

『마법사 모야와 보낸 이틀』은 독일에서 1987년 초판이

나온 이후 지금까지 무수히 많은 판과 쇄를 거듭하면서 독일 사람들에게 널리 사랑받아온 스테디셀러입니다. 오랫동안 여러 사람들과 공감을 나눠온 스테디셀러의 여운이 공간을 뛰어넘어 한반도에 있는 제 가슴으로까지 고스란히 전해졌기 때문이겠지요.

다시, 애니 레녹스는 이렇게 노래합니다.

"깨진 유리조각 위를 걷는 것 같은 기분을 아시나요? 사랑하던 연인을 생각하면 그렇답니다. 그럴 때는 마음속의 천사와 이야기 나누어 보세요."

이제, 마법사 모야는 우리의 꼬마 용에게 이렇게 말합니다.

"용으로 사는 법을 배우는 거야. …… 네 마음속에서 들려오는 멜로디를 따라 춤을 춰보렴. 자유로워지라는 거지. …… 하지만 알아둬. 삶……, 그건 마치 불과 같은 거란다. 불 때문에 네 꿈을 데일 수도 있지만, 네가 그 불을 가슴속에 품는다면 너는 행복해질 수 있을 거야. 설령 슬픔의 한가운데 있다 할지라도……."

2001년 이른 봄

안영란